宇宙的漂泊者

彭勃 著

献给

王小平（春英）

自　序

谨以此文：

　　抒情感之波澜
　　发思想之沉省
　　运诗歌之灵秀
　　扬汉语之美学

附诗为据，是以为序！

彭勃
2022.12.30

目 录

第一辑　宇宙的漂泊者

种子　003
我是个长不大的孩子　005
一朵秋菊　008
宇宙的漂泊者　009
闪电　011
诗人之死　017
滴落的太阳　020
一个声音的爱情（一）　021
一个声音的爱情（二）　023
老马　025
为了让我爱上你　027
太平洋的风　029
信仰（一）　033
雨的印记　035
陨石　037
怀春　043
街灯　044
登唐靖陵　045
种子（二）　046

053　永恒的诗歌

054　时间的漂泊者

057　乡愁

059　思梅

060　谷雨

061　浮生

062　王者

063　花语者·叹流年

064　大悲之歌

067　车站

070　身世

072　问佛（一）：来生

073　问佛（二）：云和雨

074　信仰（二）

076　雪

078　足迹

083　夜读《史记》

084　暮秋登乾陵

085　荷塘之春

086　蝼蚁

087　我在等

089　天上走失一颗星

091　枝头麻雀啄杏花

093　暴风雨

095　风筝

096　种子（三）

第二辑　宇宙的凝视者

一剪梅·窗前　101
我这就去爱你　102
宇宙的凝视者　105
凝视　106
一扇小窗　112
女巫　114
长相思·登楼望月怀秋　115
秋叶　116
乡野生活　117
咸阳少年　118
同病相怜　119
爱的幻觉　120
罪犯　122
凝视（二）：短暂的离别　123
10月14日　129
10月15日　131
请别　132
如果你是姗姗来迟的阳光　133
活鬼　135
春夜　136
白露　137
春雪偶感　138
立夏　139

140 花下人

141 凝视（三）

147 青春醉

148 寻春

149 霜降

150 思念成雪

151 秋思

152 我愿意和你在一起

153 我的童年

155 留在梦的边缘

156 缓慢

157 我不愿让你失望

159 投缘

160 凝视（四）：围困

161 她在汉中

162 初恋的美好记忆

163 情人与情敌

165 请把我从你的心上拿开

167 山谷之恋

169 她

170 消失的微笑

171 黑夜的献诗

175 爱情游戏一瞥

178 凝视（五）：眺望梦境

182 我这就去爱你（二）

184 你写的那张便条

潜逃 185
不安 187
你不是我 188

第三辑　宇宙的思索者

墓碑 191
镜像之路 195
宇宙的思索者 197
艺术 198
燃烧过的麦地 205
顺从的世界 206
缓慢的时光 207
信仰（三） 208
敲门声 210
一棵树的命运 211
和死神的交谈 212
据说 214
美到词穷 216
笑玉环 217
晚秋即景 218
我的桃源 219
五十感怀 220
秦腔 221
香烟 223
日历 225

227　贪婪者

228　富有乞丐

229　音乐

233　诗集

234　年

235　神圣的夜

236　逆行者

237　封闭

238　悲观者的视角

239　我见过一片叶子的两次跌落

240　柿子

242　与青岛友人小聚感怀

244　飞蛾

245　我何曾想去天堂

246　孤独的根源

247　观点

248　秋天的挽歌

251　谎言

252　伤疤

253　行走

255　掘墓人

256　树与叶

257　花的记忆

258　滚铁环

260　问佛（三）

261　挽留

葬礼 262

日子 265

孤寂的雨 267

彭勃的乐队 269

你的每一秒都应该是快乐的 271

灰烬 273

跋：我为什么写诗？ 279

第一辑

宇宙的漂泊者

种　子

繁华散尽
我——凝结为一粒种子

在成熟的顶端
我误以为世界并没有土壤
只是空气、风和枯萎的花瓣
我的诞生注定荒芜

以向下坠落寻求升华
过于轻微渺小了
我静躺在了地面
加入不了大地的脉搏
裸露只证明我缺少重量的肤浅
或许是漂泊得太久
我揣摩不到母亲疼爱的深度

孤寂的苦等！
你——是我期待已久的园丁

那么，就请抓一把温厚的泥土
让我感受被埋没的幸福
在黑暗与压迫中

我渴望生长!

1994.7

我是个长不大的孩子

　　我想在大地上
　　画满窗子
　　让所有习惯黑暗的眼睛
　　都习惯光明
　　　　——顾城

我是个长不大的孩子
总用一颗童心寻觅生活
我记住了
一朵花会开几个花瓣
它们不用招手也能吸引蜜蜂
我记住了
一片云的长相
它会在我心里投下奇形怪状的梦

我会看着树叶一天天由小变大
我记住了那跳动的绿色
让整个春天不再沉默
我也会追着一阵风奔跑
我记住了
它能带我到大地的每个角落

站在了高处,我才发觉
原来一直爱着这个城市
爱那些行色匆匆的人群
还有远处被田地围拢的乡村
我爱那些蹲在一起说大话的村民
爱他们憨厚的幽默
我却无法记住
他们的面孔、走路的姿态
遥远的灯火
会在何时熄灭

我是个长不大的孩子
总是用一颗童心幻想生活
天空
宁静得像一片湖
我躺在梦里也能看见
每个人的倒影
像谜一样
在我的头顶晃动
他们
可以代替今晚的星星

一棵蒲公英
要带我走进童话
走进他们心里的迷宫
揭开那些诱惑我的谜底

我会记住，他们的眼睛
闪烁着怎样的未来
每一次心跳
为了什么感动

我还在幻想
我想给每个人一个长不大的孩子
他们可以取代玩具，以及
动画片里的精灵
我想让每一朵花多开出几个花瓣
让蜜蜂停得再久一点
尽管
它依然会在寒冷中凋零
每一片云应该再透明一些
像教室刚擦过的窗玻璃
阳光照耀过的地方
不会再留下阴影

我一遍一遍地默记着生活的画面
直到对他们的喜怒哀乐不再陌生
这个少年也在渐渐长大

2007.12.6

一朵秋菊

　　一晃又到了立冬，激荡在胸中的秋天的感触还没有散去，看来贮藏过久的情感是最难被消磨掉的。今天第一次听到"立冬"时，心里抽搐了一下，惊讶于时间的匆匆了。一份旧的情感在心里长久藏着时会成为身体的血脉，当一份新的情感要来替代时，就会如同割裂血肉般让人隐隐作痛。走在人行道上，突然看见一朵独自盛开的金钱菊，不停地在冷风中摇曳，顿时内心如春天般温暖。当我走过它时，它在我身后依然点着头、摇着手，仿佛在对我说：走好！保重！

世界荒凉得已经陌生
我却和一朵含羞的菊花偶然相逢

在面目全非的深秋
多么温暖的一声"珍重！"

2015.12.25

宇宙的漂泊者

宇宙里匆匆滑落的过客
是我写下的最后一篇诗歌
那些高空中闪耀的送别
已燃烧成难以接近的火焰
请告诉我!
那不是火花,那是天空止不住的泪水
天之子的我,必须在大地上诞生

一粒种子,在一个预言里起身
那一声惊悸生命的啼哭
血液,还有决定命运的性格
早在祖辈的体内流淌
唯一牵挂我的脐带
在母亲剪断的一刻
我受尽了作为人的折磨
注定,爱先我而死

开始追问的足迹,我踏上孤独之路
奔走于朝圣者和赞歌高垒的城邦
一个世袭了众生恩赐的信使
我——以自由终结血脉的帝国
那些追随者啊!我将高举灯盏

沿着亡灵墓碑打下的路标
这些行走的碑刻，开始思想的石头
不断催促我停歇的脚步。那镌刻的名字
绝不是我留在人世最深的尺度
我不灭的灵魂！等待复活的灵魂！
它栖息在何处？正是那无数的诗篇
那无数次被阅读的诗篇，在信徒手中口口相传
我远去的背影，被吟诵托起在倒塌的天际
那道光，那个晨曦
是我！也是那宇宙！
永恒的漂泊者！

2007.3 初稿
2022.12.28 定稿

闪　电

一

一跃而起的
来自天堂的神光或地狱的幽灵
如果你是天堂的神光
为何鬼魅般惊悚地闪现
莫非是地狱的幽灵
偏要在天空青云直上

仿佛长了脚的游蛇
在黑夜爬行可怕的寂寞
又像是乌云发髻的银簪
插入溶解星星的毒液
如同越狱而出的囚徒
茫然不着边际地乱撞
你用无形的利斧
砍斫阴云的巨大屏障
而后用枯瘦的手掌
抚摸被灼痛的天空

宇宙的漂泊者！

你无须向导!
所有的都无法预言你的方向
从虚无里诞生,又被黑色掩埋
绝对的自由者,不遵守一切清规戒律
也许瞬间的生与死才让你如此任性

你不必永恒!
你不愿留下不朽的轨迹
因为你渴望的只有瞬间
那一瞬间的诞生　预测未知的流年
那一瞬间的成长　情感遥远的历险
那一瞬间的消亡　自由的短暂悲欢
瞬间的上演　瞬间的流浪
来不及袒露心灵
世界已为你惊悸!
地面上站满了瞻仰的雕塑
被点亮的瞳孔,膜拜
你危险的顶峰

宇宙的沉默者!
你何须语言!
让雷声去做狐假虎威的叫嚷
短暂的漂泊里你一言不发
大概站在最高处的原因
闪电是你投向人世可怕的笑柄
我也被你的笑柄击伤

作为凡人，我不敢再有穿越天空的欲望

二

天空的创伤
你撕裂天空的胸膛
去探寻光明的伤口
划破沉闷乌云的抵抗
尽管你遮盖了星光
可你却拯救了黑夜

失眠的心灵　　失眠的眼睛
色彩是精神最好的象征
白色的惊恐　　白色的时间
白色的空气　　白色的黑夜
白色的花朵织就死亡的花环
大地的一切物种都胆怯地患了贫血
病态并没有获得你的怜悯
你依然冷漠高傲
鄙夷地丢弃了并不纯洁的人间
让黑夜全部收拢

阴阳之电的交媾
含胎的天空
大地是孕育而出的子女
你是天地母子的脐带

以雨水清洗新生的星球
分明你是在陨落的流星
降下的却是水样的清愁

穿梭于黑夜的飞贼
窃取了一线耀眼的灵感
时隐时现的智慧之树
难道你就是天堂早年的那棵仙树
被偷吃禁果后再没有复苏
树枝上看不到一丁点绿叶的生长
只留下枯枝枯干
或许伊甸园早已荒凉
地面上已有我们动人的爱情
天堂是否也搬来人间小住

宇宙的狂生，披头散发而来
挥洒着草体天书
为暴虐写着暴虐的序言
力透云层的纸背
把天空当作镌刻的石碑
而后又将天空击碎
绝不遗存真迹
作为凡人，我无从临摹

三

留给大地的鞭影

驾御着黑色战车

驱策着狂风、暴雨和雷鸣

地球是你长鞭下旋转的陀螺

至高无上的暴君还是起义的哗变

向人世倾倒一切刀枪剑戟

弓弦上射出的一支支冷箭

击中黑云压城的堡垒

那是你反叛的黑色大旗

能否交给我你光明的旗杆

让我成为你的一名旗手

站在叛逆者的最前列

哪怕和你一样血流成河

注定的失败者？

落入黑色埋伏的深渊

可你却一再跃起！

你弹奏着竖琴

疯狂的海洋和骚乱的天空

你懂得无声的权力艺术

看风声雨声雷鸣演奏你操纵的交响

而后你用力绷断琴弦

每一个灵魂深处的震颤

你也知道完美中必要的缺陷

闪电，你比鸟懂得翱翔

鸟会飞的只有翅膀

闪电，你比人类狂妄
人只会站立着思想
你凌驾于翅膀和思想之上
太多的性格将我深深打动
哪怕不能划出一道闪光
也希望成为流浪的一片云彩
等候命运安排的一次结合
等候光芒将我刺伤
化作雷声还有雨水
我愿和你一道从天而降

2006.3

诗人之死
——纪念"红烛诗人"闻一多

把火点上
命运安排我们独对

红烛醒了
你还没有成人
刚一醒就哇哇地哭了

你死活不说一句话
刚醒的小手东南西北地抓
道路开始就崎岖不平
漂泊不定便是你的命！
在若即若离中颠沛
形同狂涛里的一叶舟
用手触摸黑暗的前途

你燃起的火便是你的心了
难道是飘来飘去的云朵所化么？
怪不得诗人猜不透你的心思

怕人笑话你的孱弱
把眼泪圈在蜡质的墙内

盈盈的不肯坠落

有泪就哭!
热泪在火焰里突围
可是女儿的心肠么?
还倔强地不悔!

红烛,可让我来擦你的泪么?
诗人呀,别乱碰
小心自己焚烧!

要烧就烧死肉身!
要烧就烧出灵魂!
我要跳到你的浪尖上
看看是否和你同样的光彩呢?

红烛,可让我捧起你的泪么?
诗人呀,别乱碰
小心滚烫的别殇

泪水是默默无悔的耕耘
泪水是驱散黑夜的光辉
我的眼泪和你的流在了一起
怎么?不能融进你的泪
嫌弃我的卑微么?

泪干了，红烛死了
死亡堆里不见你半点的骨灰！
哦！不死的还有我的光明泪
在一点冥顽星火周围。

1994.11

滴落的太阳

我在一滴水里看见过太阳
它是清晨凝结的露珠
微小且丰盈
冰冷而又火热

当一阵风吹来
无数个太阳便在清晨里坠落

2021. 4. 17

一个声音的爱情（一）

当世界平静下来
我只允许一个声音悄然临近
她不是风
她却有风的摇曳
她的声音里有落叶的悲鸣
与枝杈的决裂匆匆如爱情

我期待这个声音
我期待世界从这个声音里苏醒
如同夜空里的星辰
总闪现在萎靡不振的黄昏
她不是江河
却有江河的汹涌
她的声音里有溪流汇聚的忠贞
忠贞得如因思念而消瘦的入海口

当我刚说出爱她的时候
我忽然穷得一贫如洗
我连仅有的傲慢也被洗劫一空
这个声音如此卑微
仿佛锋利的雨滴刺伤了湖水
这密密麻麻的伤口

不断告诉疼痛，这重重叠叠的深度

2016. 3. 20

一个声音的爱情（二）

一个声音太孤单
它走进城市走进人群
它走到街口它茫然四顾
这里行色匆匆，这里犬马喧闹
这里是守规矩的疯人院
这里不缺政客不缺富豪不缺圈套和补药
这里独缺诗人的大脑

它太孤单，一个声音太孤单
它走进荒原这里人烟稀少
它走进空院子它走进一所空房间
这里缺同情缺占有又缺愤怒
它喊不出来它疲惫不堪
沉默让它孤零零

它觉得孤单，一个声音觉得孤单
它走进空旷的山谷它走进深深的谷底
它听到回声它找到了爱情
这里的回音三两声这里的爱情太短暂
它失望至极它该去哪里

一个声音太孤单

它找到一个人她正孤单

它走进她空虚的心,这里的墙壁在流血

这里活像监牢活像深渊

这里死去谁知道

世界需要一点空,哪怕剩你我的呼应!

2016.11.19

老　马

终日只度量着缰绳的长短
徒劳地望外面的天空明空暗
在栅栏成群的寂寞里
你，是最孤独的一匹

命中注定得去奔跑
哪怕挨上几道皮鞭
纵是条平坦或危险的道
你的理想决不在猪栏

该打该骂也够了年头
可你不要卸下鞍的自由
生来就不曾享享清福
到死你也喊不上一句苦

如今岁月渐逝了芳华
你再也到不了遥远的天涯
从潸然滚下的清泪里
早已识破你是一匹老马

这样活着太像死亡
你紧咬着拴牢的缰绳

还不踏上远征的路
难道,你缺少了骑手?

骑手?是一位迷途的青年
和你一样要去梦想的边际
是孤独与孤独结下了缘
这一对命里注定的伴侣

嘶鸣将唤醒每一片荒原
我要载你走进一直守候的归路
如果你有皮鞭和马鞍
如果有你做我的骑手

青年已经来到马厩旁边
奔跑的天性我永不疲倦
在栅栏成群的寂寞里
我,是最幸运的一匹

2006.10

为了让我爱上你

为了能够让我爱上你
春天的第一场雨宽恕了整个冬季
为了能在雨中爱你
我让云朵死去
那些是我的言语,那些潮湿坠落的雨滴
被庞大的树冠救起
舒展成为一片片挂满枝头的树叶
是的,就是那些泛着新绿的树叶是我要说出的言语

为了能够让我爱上你
今夜,走失了千年的月光将照进遗弃的废墟
为了能在今夜里爱你
我让明天死去
那些是我的言语,那月光,那透明的倾泻
被汹涌而来的波浪不断堆砌
积累成为坚硬的黑色岩石
是的,就是那些无法透视的岩石是我要说出的言语

是的,就是那个摇摇欲滴的露珠
是那个煤炉中被铁钎挑拨的喋喋不休的火焰
是那个炎热的正午被垂直的光芒孤立的屋顶
是那个翻转着把太阳肢解为七色的三棱镜

这些都是我的言语，眼里的秘密和嘴角的生机
从星星围攻的黄昏里走了出来
凝结在梦的尽头，闪耀在波光粼粼的晨曦
是的，就是那个远在天际的晨曦就是我要说出的言语

为了能够让我爱上你
不朽的风帆借助天空的倒影寻觅永恒的星辰
那些是我的言语
大海疯狂的潮汐，堤岸上干渴的沙粒
漂向你的船只去了哪里？
高高的桅杆正在暴风中陀螺般打转
那些是我的言语，那晕眩，那深渊，那偏离的航向
席卷我们全部的诱惑
形成刺向大地疼痛的旋涡
是的，就是那个无法逃脱的旋涡是我要说出的言语

2020. 9. 21

太平洋的风

太平洋洋面的清风呦!
你带来了南国的石头香
豪迈地踏着步子
闯进北方的土地
播撒清凉!

你曾是去年败落的逃兵
在今春的晚上称王
可是来凭吊古老的战场
唤醒死去的亡灵
带给生命的喜讯!

诗人喜欢你呀!
来,和我阅读桌上的书卷
大概博学吧
我听到了你自满的号叫!

太平洋洋面的清风呦!
从大海的波涛里惊醒
你和太阳一同上升
温暖着忠实的约定
是催促你奔赴使命的号角

裹挟着太阳的热量
向北方突围狂奔！

掠夺了城市和村庄
跨越了高山和桥梁
你带着天空给飞鸟的承诺
还有那些随你自由飘飞的云朵
所到之处都宣告春天的降临
风哟！道路还远

清风，你终于在今夜来到我的院落
我听到了你隔墙的胜利的凯旋
让我读一读你远道而来的消息
还有你满腹经纶的文章
你把海洋流浪的梦也带到异乡
我会不会和你做同样的幻想？

大山靠你亲吻
树木依你问候
风哟！海水都无法平静
我哪能不满怀憧憬？

歇一歇，疲惫的征程
一路不停地播撒热情
还在忙碌地分发财富
你轻轻掀开孩子的眼睑

点燃他的梦想
又轻轻吹熄他眼里的亮光
看他酣然入睡

你把绿色塞进枝条的手指
那可是珍贵的宝石
翡翠的钻戒
渐渐隆起在枝条的关节

你去抚摸沉睡的荒原
受宠的种子
拱破头顶厚厚的坟墓
你又走进牛羊成群的栅栏
在它们耳际低语
快去撒野的绿色草地

你去温暖顽固的冰川
小河笑开了板结的脸
滋润着干涸已久的河床
最后抵达你太平洋的故乡！

你将我缠结的发辫解散
凭借你手掌的拨弄
那些驱赶而出的灵感
在你呼啸而过的高空
自由地翻腾

永不疲倦!

哦!清风
地面的一切对你都显贫穷
你是物质和精神的富翁
我将扇动想象的翅膀
在地面上获得诗圣的虚名!

1996. 5

信仰（一）

只为一个太阳般的信仰
我错过了许多个夜空
错过了漫天的繁星
错过了圆了又缺的月亮
还有烛火，还有流萤
还有很多个夜里闪光的事物
难得！难得今日的心灰意懒
难得！在这余晖里的傍晚时分
我，接近了自然

这是一条很久没人来过的小径
在乡间，人们不按规矩行走
脚下常出现许多岔路
每一条都是和自然的不期邂逅

那些叫不上名字的野花野草
它们比书本里好看
围拢在一座老坟周围
跟前又添了几座新坟
老去的人喜欢挤在一堆
这处唯有死才体会的好风水
在活着的人眼里任其荒废

雾气里村庄飘起了晚炊的烟
到红瓦的屋顶被来往的风吹散
父母们大声喊着孩子的名字
放学没有回家就忙着贪玩
记忆里我也是不安分的少年

田垄间突然冒出几堆火
几个调皮的身影点着了收割后的麦茬地
这里，我并不孤单
还有那几个小小的纵火犯

丰收后的田野倍加荒芜
并不妨碍生灵们四处忙碌
探出头的地鼠，上下翻飞的蝙蝠
几乎被我遗忘的风景
在这傍晚时分投来同情的倒影
久违了，如此接近的夜空
还有心里默数的星
还有我这个陌生人为自然平添的繁荣

2006.8

雨的印记
——听钢琴曲《Kiss the Rain》

云朵散落下来她的秘密
脚边盘流的小溪
睫毛上闪烁的水滴
你是否和我一样
在屋檐下听雨的呼吸

天与地被连成一体
你和我还遥不可及

寻觅夕阳里的那一双背影
早已被乌云覆盖
淹没了可以思念的距离
再也找不到爱
留在浅草上的踪迹

无风的日子
我无法再被寂寞感动

从天而降的雨呀！
蔓延在水面一圈一圈的波纹里
每一滴都翻阅着我心底的忧郁

蹦跳而出的气泡瞬间破灭
嘲笑着我满眼的空虚

浮升而出的往事呀!
平添了此刻不安的静谧
回忆愈是拯救愈是遗失
我们躺在傍晚时分的小土坡
要下山的太阳把树叶照得格外金黄
你说:"我分不清落叶与夕阳哪个更代表秋季?"

多么优美的诗句啊!
等到天晴时
让消散的云朵捎去我的记忆

2004.8

陨　石

一

天外来客，屈辱地躺在地上
天空中孕育
宁愿屈就地面的一颗顽石
忍受不被理睬的寂寞
不可理会的死亡之法！

我曾仰望过你，明亮的那颗星
却晚节不保，成为天空的叛臣
逃离，将自己点燃
背叛，用火来洗劫罪名
最高处竟背负冥顽愚钝的思想
"不去做鹰
偏要做地面的蛆虫"！

宇宙里的一粒沙尘
在渺小中占据不朽
用微末支撑恢宏
而后遭到天空的遗弃
衰老的形体，失宠的潜逃

你以毁灭回报天空

脱卸光芒,更换姓名

把光彩还给天空

以石头的名义乞求

加入山的行列或成为土壤

最后落入荒野——

遗忘的好去处

星辰借用泰戈尔的话语:

美不与大众同在

所以你总是安身于寂寞的荒原

让野花野草包围

大概你想成为野石

靠自然的风化与剥蚀

丑陋的面目,仰慕也成鄙夷

而你依然清高冷峻

天空中的顽固与坚守

地面保持固有的秉性

用沉默掩盖劬劳功烈

用丑陋遮挡探询

失去光芒之后,无非是一块没有荣誉的石头

二

宇宙的一位思索者

在黑夜里苏醒

星星，宇宙锻造天空时的尘埃
卑微，却有光芒
不足以将故乡照亮
也足以安抚瞌睡人的梦乡

星星最初就有火的性格
将火委身于体内
深藏，从不泄露
光芒原本清冷
如果丢失了火做的底蕴

对于懒惰者，你是陌生的
垂暮的老人、顽皮的孩子、恋爱的情侣
大凡脆弱者都仰望过你
忙于奔波的人容易将你忘却
我应该向你认错
面对星光，才有被刺痛的觉悟

光是文字，温度是宇宙最初的语言
和你只有借助想象交谈
你究竟是轻飘的浮沤
还是持重的星球？
怎样的形体与面目？
哪里才是你的归宿？
黑夜，我们常常将灯火举过头顶
以便看清前方的道路

逼近的光芒成了遥望的屏障
你始终在光芒里隐而不语
无法解答，想象也难以自拔其中

深邃与孤独
是沉默者毁灭的序言

三

宇宙的这位漂泊者
把毕生的思索一夜间挥霍殆尽
藏在体内多年的火焰
期待着一次辉煌的自焚
车裂的痛楚，摩擦的损伤，崩发的灼烫
那一道匆匆的绝笔
瞬间的亮丽，无尽的倾吐
这是炼狱般的净化
你要把灵魂留给大地
天空只作暂时的浮厝

在天空，星体因引力而产生距离
平衡得太久只会让天空平庸
你的走失并不见天空的骚乱
哦！漂泊者，微不足道的消亡
地面上仰望的眼睛
是你遗忘疏忽的漏洞

在大地荒凉的角落
光芒指引着我探寻你寂寞的心迹

四

乱草的荒野，我见到了你
困扰于对光芒与火焰的疑惧
我依然畏葸不前

光芒与火焰取舍后的面目
残酷的扭曲与变形
石头！孤独高傲的石头！
灵魂最后的模样？！
熄灭的光泽，焦枯的肌肤
想象在真实中瓦解
思索失去价值
崇拜的瞻仰茫然搜寻最初的欲望
可怕的寂寞，訇然的惊悸
难道光芒只是对世俗的蒙蔽？
石头！为我的探询立下了墓碑
只有对光的怀想，遥远的祭奠！

星夜的晚上，冷峻的光复照下来
光芒缝合着恫吓的断裂
高傲的灵魂与丑陋的形体渐渐弥合

世界出奇地安静
只剩下我和星星的对视
失落的记忆依赖星光退回起点
远处几座无人问津的老坟
蹿出来游走的磷火
深埋地底的孤魂在地面闪烁光芒
世界到处是这样悖谬的命运

星星，奇怪的精灵
也在反转着我们相似的人生：
你是天上的这个人
我是地上的这颗星

1998

怀　春

乾州城西草渐深
桃李无言正怀春
蜂蝶闻香隔墙来
对面不识养花人

2021.3.5

街　灯

茕茕街边灯

熠熠立无声

来去生日月

明暗不随风

2020.1.22

登唐靖陵

　　2020年夏季，和同学王洪军相约登唐靖陵，两人虽均是乾县人，却惊诧于对方都是第一次登临，大概是心怀万里国，身忘咫尺家了。乘兴前往，导航走错两次，于是边走边问，坡路蜿蜒，想必一定要让人曲尽兴味，或是以曲解兴吧。到达后又惊诧于唐朝皇帝僖宗靖陵的荒凉，远离县城的僻静之处，偶有车辆和农家人漠然走过，华表、石兽散落四处，不成一体，各自寂寞，互无联络，越显得这座土冢的落魄。土冢倒是极好的登高望远的鸟瞰台，东望昭陵，西望乾陵，乾昭巍峨，而靖陵低落，足见唐末式微。既然来了便有了慨叹的欲念，一时无好词便搁浅，近日惊觉倏忽快一年了。想必只有旧诗能与古迹相配，遂作诗以怀古，补记以回念！

唐朝帝王多风流，
圣明直呼三百州。
千秋天子万岁身，
斜阳草陌余古丘。

断石凋落半为土，
一抹孤坟做锦绣。
多少雨打风吹地，
不胜日月代代留。

2021.3.29

种子（二）

　　没有光，时间将不被记载　轮回让时间失去意义
　　——题记

在荒凉的天空
在花草举向天空的双手之中
是颤抖之手赞美的果实
仿佛天使捧起的婴儿
我，端坐于成熟的顶端
以大地忠实的名义
完成贡品交接的盛典

像所有翱翔者一样
我带着翅膀的宣言
离开早已枯萎的花瓣
离开为我凋谢的绿树与红花
种子，繁华尽失的罪犯
——叛逆者！
我将穿行于枯叶与衰草之间
去大地秘密的深处

过于轻微渺小了
我跌落于地面

坚硬的土地阻隔了我的归途
或许漂泊得太久
我揣摩不到母亲疼爱的深度

来吧，解开奄奄待毙者握紧的符咒
给我吹响自由的西风
我将依靠自身重力的拯救
抛弃领空，让欲望掉转方向
在向上的升华中固然失宠
我宁愿将大地当作失而复得的天堂

我渴望回归
渴望坠落
甚至于渴望土的淹没
我期待凋零
期待生命坠落时惯性的冲撞
期待着被大地埋葬
地平线绝不是我停泊的终点

带着季节的契约
为信守一个忠诚的诺言
孤独的灵魂将脱离时间的界限
我将步入大地最具繁殖性的子宫
同样孤独的星球
一夜间怀孕做了母亲

丰收之后的大地与天空
荒凉无处可藏
在被成熟孤立的顶点
世界只剩下空气和风
我注定在荒芜里诞生

劳动是一场灾难
收获一走了之
干涸的河流，龟裂的土地
喂养着大地疲惫的喘息
秃顶的山，光裸的石头
是矗立着的无字碑
一目了然的荒芜
都是繁华垂死的坟墓
构不成歌颂的风景
顿感文字失却了力量
在空洞的语言背面
种子——我
将是不能容忍的一点修辞

于是我终将坠落
却一再被土壤拦截
在拒绝交出牺牲的秋天
种子是射向被谋杀的大地的子弹
我幸存于每个弹孔之中
那是一粒在土壤里埋下的心愿

等待来年的分娩
等待绿色的火焰
等待我又一次站在荣誉的高空

去吧,为流亡者敞开大门
向大地尚未冻结的裂缝
向铧犁掀开的沟壑
向被忽略的空坟
在无人问津的黑暗里回到故土

去吧,为孤独者紧闭大门
我释放着凝结毕生的繁荣
将在坟墓的洞穴里重生
濒临死亡的大地
是我,鼓起了你预备跳动的脉搏

爱,并不遥远
局限于最为原始的血缘
我是天地孕育的子女
恩宠于双亲矛盾的疼爱中
天空、土地和我
永远不能停止的情感纠葛
我既在毁灭又在收获
在义无反顾的时间河流
只有我懂得轮回的内涵

那些曾被误解的繁华与萧索
和无休止的生长与降落
无非是爱肤浅的过客
我在上下求索什么？
难道是错失了道路
或是伟大的迷途？
在成熟滑落的瞬间
这生与死难以肯定的时刻
我跟随预言引领的轨迹
遵守着荣誉与繁荣的嘱托
每一个高处的花朵或是地下的尘土
都是唤醒我依靠的生命界碑

因为轮回，时间失去意义
在循环往复里永生漂泊
没有光的照射
时间尽管存在却不被记载

久别重逢之后
我将和大地做一次长谈
用未曾改变的乡音
用土生土长的语言
狭小空间里扩张的情感
期待在光芒里绽放

冬天的光是把锋利的凶器

刻画出物质的白骨
散落在夜里冷冷的星
枝干上冥顽不落的枯叶
装点着秋天最后一刻盛景
停留在花朵与叶片上的挽歌
仿佛是让人窒息的长句
我作为呼吸停顿的一个标点
挽救着即将遗失的景色
鼓动在荒凉掩盖下的脉搏
是我敲响的季节丧钟

半是冬天，半是春天
季节的界限还不分明
土层下的一粒种子
渴求零度的温暖
在长眠架设的冬床上
静止杀死了时间
在时间遗忘的黑色墓穴
一面跳动的鼓
被尘封多年

那些体内隐蔽的思想
开始被结盟的元素撕咬着隐隐作痛
于是精神在反思中白手起家
必须忍耐孤独的痛苦
在思想独居的斗室

痛苦是治愈孤独的良方
黑色里点亮的思想
钻营于土地每一个血管和毛孔
触摸光的边缘

只有春天带给我荣誉般的觉醒
一丁点绿,写在季节的开端
也写尽了宇宙的苍白
那些破土而出的生长
将希望扩张为两瓣
那是欲望颤抖的手掌
也是我预备翱翔的翅膀
所到之处都是我的预言
在明年赞美的天空
我寻觅光荣

1997

永恒的诗歌

我是历史散落的一页书笺
裁剪成诗歌的王冠
轻放在了你熟睡的枕边

我是大地放飞的纸鸢
在你吟诵的手掌中
以淑女的步伐缓缓浮升

我是天空闲散的一朵云片
被你热烈的眼光击落
化作无数涌动的泪点

我是你世界遗忘之门的最后一位守候者
反复阅读你深锁闺阁的院落
在一次默写中,你跨出门槛

1996. 11. 7

时间的漂泊者

  我们已经走得太远,以至于我们忘了为什么而出发
    ——纪伯伦

也许是走得太久或者太远
以至于我忘了要去一个怎样的终点
也忘记了,出发时的誓言

也许是不断被道路迷惑
或者,是那些我依然热爱的景色
让我丢掉了向往与怀念
于是忘记成了记忆的恩典
以至于回忆一开始就残缺不齐

时间完美得毫无瑕疵
完美得拒绝追随者
是什么原因指引我向你走来
到了绝路的尽头
我任凭一颗倔强的心向你延伸

人,只能永远占有时间
却无法创造时间
如同缀满星星的天空

闪烁只证实耀眼的渺小
我就看见过流星的潜逃
但我坚持着向你走来
坚持着离开我偏爱的角落
角落里喜欢凝视的双眼
放弃了对夜晚的信赖和对伤感的依赖
放弃了圣洁与诗意
放弃了我偏爱思考的姿态
受一粒种子预言般启示
我终将被漂泊拯救
以轮回的方式像你一样永不凋谢

没有人参加过时间的葬礼
谁又愿意活得像时间不易察觉
拥挤在光芒里的信徒和我留在阴影里的性格
都属于时间的过客
在虚荣的背后，渺小被掩盖为猥琐与卑贱
觉醒的自我迷茫着开始漂泊
漂泊胜过取宠的诉说
谁又将抄录这些华丽的语言
我这些仅有的财富
取悦他们贫瘠的占有

我只想成为易于腐朽的事物
漫长只会成为孤独的傲慢
在不断变换的生命角色里

我祈求穿越时间所有的瞬间

我的脚步不是时钟的指针
不能把时间缝合得如一滴露珠般圆满
但我依然走向你
平静得如同一名死囚
在每一次消亡之后
我将取代时间

2008.11.21

乡　愁

你不会看到我的乡愁
我的漂泊里总是两手空空
因为，你不会看到我的行囊
因为行囊太重
她是我的祖国和我的父母

你不会看到我的乡愁
我归乡的脚步还像离家时一样坚定
因为，你不会看到我的风尘
因为风尘属于江湖
而我的心属于这片热土

你不会看到我的乡愁
我的眼睛依然如湖水一般宁静
因为，你不会看到我的泪水
因为泪水在转身之后才会流出
我怕我回过头还未冰冷

你永远不会看到我的乡愁
一个人的时候，我并不孤独
只有想着祖国和父母的时候才孤独
无论我走多远，身在何处

她们都是我的乡愁里永远的归宿

2016

思 梅

雪舞千山外
风吹一行诗
遍寻无觅处
相思落梅枝

2015.12

谷 雨

陇上新柳菜花黄
一树明翠压金香
多情少年趁东风
闲度春日谷雨忙

2021.4.22

浮 生

长夜星河落六更
唯有梧桐解秋风
可怜一觉输庄生
几度蝴蝶入梦中

2020. 10. 9

王　者

鹏翼遮九天
不言凌云志
只缘身高远
无风自展翅

2021.3.21

花语者·叹流年

忽觉流年不经
轻叹两三声
雨打枝冷花沉重
叶卷西风吹不起
垂垂欲语别情

转过天晴
门前燕尽云空
却看红蕊深处
还有泪相迎

2021.4.6

大悲之歌

> 悲从何来,与生俱来
> 又向何往,虽死不往。
> ——题记

看香与火对话说出了烟
这烟便是真言
听木鱼与手指对话的空响
那空响便是真相

香火已经点燃,烟雾萦绕在大殿
木鱼已经敲起,空响弥漫着玄机
佛号醒了,磬醒了
佛鼓醒了,莲花禅修座醒了
案几醒了,诵念的经文醒了
这佛烟,这佛鼓,这佛号,这佛经
这佛祖透彻诸天的传诵
解救我凡人被蛊惑的平庸

当我盘腿落座,闭目合十
我放下了快乐世俗里的全部杂念
我空空如也
我空如蒙昧无知的黑暗

我空如悲凉的荒原
我孤立于悬崖边上的苍柏
那深渊是我累世不绝的思念
我高悬于朗朗夜空的明月
群星是我洒下的泪点

烟雾袅袅，木鱼声声
我在众生吟咏的经文里苏醒
这解救世人的密语
在大庭广众成为最普通的语言
这狂妄的语言
通晓一切的善恶因果
洞穿一切的时间曲折
我已渺如尘烟
我亦空如回响
我已不知未名的来路
我亦忘掉伟大的归途

这若隐若现的真言，像是神谕
更像是胆怯的求救
这若有若无的真言，像是忏悔
更像是解不开的诅咒
这堕落的音律，仿佛熄灭的烛火余烟的呐喊
这颓废的呐喊，繁荣的寂寞折磨空虚的欢乐
这无力的眼帘，半梦半醒里荒废灵与肉的姻缘
这一世的姻缘，凝成此刻无欲的缠绵

这浑浑噩噩的浮生，落在明镜台上卑微的尘埃
这神魂颠倒的膜拜，全托付莫须有的如来

我穷渡无边的苦海
只予我有涯的人生
我独坐莲花高台
拈指笑苍生
转身泪流满面
回头早已无岸

2017.7.4

车　站

这一帮东南西北人
怀几颗喜乐悲愁心
谁关心富贵贫贱的命运
一点偶然的机缘
彼此来到包容一切的车站
在车站里相遇
却又被车站驱散
零落在某个遭遗忘的人间

我注视着他们
也有人注意了我
此刻，我在多少人的眼里重叠
一个陌生人
能占我生命多少时间刻度
也许很快就会忘却
成为记忆里的一座新坟
也许和他们一样
我也只能走进他们的时间
走不进他们的记忆
我已历经了多次生死变迁

今天，我为不相识的你们感动

正好弥补了我孤单的此刻
不管你是不是善良的人
抑或你是大人物或是罪犯
生活的戏剧里
我们都坚持认真地出演
几个在哭，几个在笑
几个面无表情沉默寡言
生活里我有多少无常的脸

他们从哪里来，又要去哪里
是为了一双期待的眼睛
朋友的，同事的，上司的
妻儿的，或是父母的
为了打招呼的声音里更有荣誉感
为了职位的升迁，为了更多的薪水
为了这个家儿女情长的幸福
为了一双眼睛死后可以瞑目
从一处陌生到另一处陌生
错过了这个城市里有名的风景
使命感催促我不停地奔波
从一个地方到另一个地方
尽管被没有虚度的日子折磨
我还要继续漂泊
去奔赴和许多陌生人的一面之约

陌生的朋友

有生之年我们是否还能再见
会是在哪条川流不息的大街
还是从此都走失在彼此的世界？
哦！朋友
会不会——就在下一个车站？

2015

身　世

如何谈起我的身世
来穿越这厚厚的冬天
有些说是风,有些说是云
有些说是蒿草,有些说是浮尘
在春天,有人对蒲公英耳语
它便跑得很远,用爱也追不上

盛开的花朵和舒展的绿叶
让我隐匿得过于深刻
但春天始终不能将我迷惑
寒冷,是我保留的最后理性

冬季!无须约定
这是一生的宿敌
就像我见到你,这虽败犹荣的相遇
那些高处,都让我无法站立
而我的履历还是会写进了太阳和风
尽管它依旧荒芜

我无法保证一片云朵持续的相思
也计算不了吹散它们释放的温暖
只有坠落这一种方式可以靠近

只有你极小的呼吸就能显形
只有死亡才能打开密封的卷宗
在你猝不及防的指缝，我认定了此生
——我是你融化之后的雪

2021.5.11

问佛（一）：来生

我问灯芯，油灯何时熄灭
灯芯笑道，你的寂寞在光明与黑夜里有何分别

佛祖可以借摇摆的灯火哭泣
而我呢，要借哪颗脆弱的心灵枯竭

我问香炉，那炷香何时燃尽
香炉笑道，你的悲喜在一缕轻烟后有何不同

众生在冷却的香灰上积累功德
而我呢，用漂泊的今世等候谁无悔的来生

2015.5

问佛（二）：云和雨

这场雨竟然折磨了我一生
于是我，半生漂泊，半生静默

那片云在这场雨里跌落
于是你，半生静默，半生漂泊

这个世界是对称的
如同用镜子将你我分隔

我盘腿，打坐
心里只有你却没有佛

我们相爱如一人
于是，我们也就习惯一个人

云和雨有何分别？
同一个物质，却属于两个世界

2015.9

信仰（二）

因为对死的恐惧
我常歌颂近乎凋零的事物
偏爱罪恶
解释着另一类孤独者

从寂寞到沉默，从沉默到冷漠
一条狭长的傲慢之路
引诱我走入荣誉空洞的迷途
被光芒驱赶，却留不下真实的阴影
反省让虚构的繁华随时倒塌

因为对生的留恋
我开始钟爱每一个鲜活的生命
善良并不通向天堂
灵魂将死于宗教
我依然面带叛逆的微笑

在火焰里毁灭，从灰烬里再生
我学着用书写挽救时间
文字让历史更加短暂
不再盲目崇拜古代与先哲
不再用眼泪告别与记忆

也不再用景仰和鄙夷掩饰卑微
我会像个上帝一样
走在他们中间

2007.11.27

雪

童年的雪叫雪花
长大后,雪叫作了雪

童年的雪会开花发芽
长大后,雪一下来就是果实

童年的雪只会对我笑
长大后,雪也知道了流泪

童年的雪是一支儿歌
长大后,雪是爱情诗

童年的雪有讲不完的话
长大后,雪沉默了,成了哑巴

童年的雪会捉迷藏地消失掉
长大后,雪冰冷得很难融化

童年的雪是六角形的
长大后,雪是一粒粒跌落的心情

你可以给雪起很多名字

而我知道
童年的雪叫雪花
长大后，雪叫作了雪

2009.5.5

足　迹

　　人世上，每个人都想或多或少、或深或浅地留下足迹。但有人如在水中行走，有人如飞鸟飞过，都不着痕迹，痕迹一定是艰辛的印记。那些戏水游走的和自由翱翔的有他们的快乐，而泥泞的土地必定是艰难的跋涉。朱自清在《毁灭》里写道：

白云里有我，天风的飘飘
深渊里有我，伏流的滔滔
只在青青的、青青的土地上
不曾印着浅浅的，隐隐约约的，我的足迹。

一

水是软弱的
脚无法将水走成坎坷
石头是坚硬的
要留下足迹还需经年的踏踩

于是
我选择了尘土

二

在尘土中漂泊
两列对仗的孤单
道路开始于坦途
欲望却在脚下起伏
以叩问大地赢得的支点

拥挤的人群对于大地构成了审判
土地愈加变得冰冷
足迹不再被尘土宠爱
道路和欲望平行

三

因为轮回
我卷入无数个旋涡
因为引力
我必定坠落

道路消失的地方
足迹从此诞生

四

大海可以决堤

却难以超越船舷
足迹只能抵达大地的边缘
人是行走着的一支笔
在尘土的墨中书写
有时快慢　有时深浅

五

飞鸟横天而过
足迹无迹可寻
又被风掩埋

存在如此肤浅
隐身的又如此傲慢
匆匆忙忙却如此虚无

六

注视着降生
注视着死亡
"来自尘土
又归于尘土"
起点和终点偶合的寓言

走，不过是等待

七

脚误入水中
足下激起连绵波纹
像不断散播着誓言
又像堆叠的花圈
在相互交替着佐证

岸，是秘密的保护者
还是秘密的暗杀者

八

有了足迹的那一天
山也期待着复活
有了文字的那一天
山却枯槁着死去
蚕食山的罪犯是石头

活下来的只有长了脚的墓碑
刻上墓志铭
石头死在了坟前

难道文字唤醒的只是死亡

九

水滴石穿
最坚硬的常被最软弱的征服
泥泞的道路
水的失败土地的胜利

唯一的
我选择了尘土

1998.7.29

夜读《史记》

才望秦朝月
又过汉时关
史记乱甲子
一夜三千年

月朗君王远
关雄无人攀
归去八万里
书中方寸间

故国云羞日
他乡石斗山
成败无荣辱
双眼满云烟

2015. 10. 6

暮秋登乾陵

零落秋风草木轻
情到深时恨不成
言说梁山遮云雨
天寒独登姑婆陵

2022.1.8

荷塘之春

春天的月色如秋
正解我心底的伊人无期

她从一朵莲花里出走
含羞带露,比湖水还明亮的温柔

我的孤独比黑夜更黑
以至于黑夜也无法隐藏我的忧伤

从此我再不想有喜悦的念头
只愿在一朵莲花里静静默守

2017. 2. 19

蝼　蚁

地球上一队小小的漂泊者
以千疮百孔的步履前行

小小的双脚挖掘腐朽者的裹尸布
留给大地迷宫般的痛楚

你在潮湿的地底建造苍穹
躲避出卖天空的星星

你走进深处，坐访大地的梦境
那不是梦境，那是皂角树根握紧的怀乡病

流离的迁徙者，这群小小的矿工
不为钻石的人生，却忍受劬劳的浮命

小小的坟冢之下，是你遗落的小小的家国
伟大的劳作注定拥挤在卑微的隘口

歇一歇，迷失在白昼尽头的赶路人
每一粒泥土
都是你停靠的星球

2022. 10. 23

我在等

我在等那场必须要来的风
它必须带着受难的星辰
那是遗弃了很久的图腾
它必须来自高傲的正午
它让浮尘变成刀柄
必将穿越不屈的黎明

我在等那疯狂摇曳的古老白杨
纷坠的落叶不是流亡的灰烬
是那些落叶点燃了街巷
那些飞舞的都是欢呼的火焰
那些被欢呼的是注定的孤独者

我是在等相互追逐的两片云彩
它们注定在苦难中相爱
所有的漂泊者必须相爱
我是在等痛彻心扉的闪电
那受鞭刑的云彩啊
只有那道光影酷似爱情

我在等灵魂被闪电击中
正如我面对你时

那颗心猛地空如天空

2015

天上走失一颗星

　　过来的路上我无暇顾及　返回的路上才幡然思索
　　　　——题记

天上走失一颗星

那是我寂寞的游梦

我深爱这一生深埋的火花

它们相拥着竟和磐石一般坚硬

天上走失一颗星

那是我漂泊的魂灵

我将奔跑着画出笔直的思想

哪怕头上顶着弯曲的天空

天上走失一颗星

那是我生命的倒影

既然倒影也能点燃，发出光芒

那我又何惧地平线对折的人生

天上走失一颗星

那是我告别的回声

问你为何要去遥远的天边？

那是我期待黎明的第一道裂缝

2005.9 初稿

2022.12.3 定稿

枝头麻雀啄杏花

楼下杏园的杏花应时地开放了。

起初花苞是暗暗的紫色，转过一两天就透露出一袭白色，像初次披上婚纱的羞涩的新娘，怯怯地试探着春天的温度。看似慵懒，实则机敏，等春天不再摇摆不定，它也便大胆地完全绽开了。

杏园离我三楼卧室的窗户只有三米远，早晨还未醒时，就有麻雀早早地在枝头鸣叫了，但并不让人厌烦。半梦半醒，鸟声忽隐忽鸣，断续流转，此时杏花含玉，鸟鸣滴翠，不用出门去寻，光听这声响就已经沉醉在春天的扰攘里了。

拉开窗帘，杏园的杏花已经彻底地占领了春天，而占领杏园的却是几只欢叫个不停的麻雀，它们在杏花间流连跳跃，如果待着不动，听叫声很难发现它们的身影。看着杏花，听着鸟鸣，竟然忘了自己一天的生活也要开始了。忘了也罢，真的该把清晨还给自然了，人类过多地占据了生活，偶尔做一回生活的配角，或是旁观者，一定平生几分旷达，平添几分野趣。

蓦地看见树下落了好多的杏花花瓣，怎么刚开就凋谢了？难道春天真的这么易逝吗？或许是昨晚刮了大风，该是锦上添花的春风，无端却让百花凋残呢。正要无奈地转身，却忽然看见又落下几片花瓣。起风了？没有！我顺着花落的方向回溯，竟然是那几只麻雀在用嘴啄着花瓣，雀鸟盼春归，啄花催春老，不珍惜春天的鸟！起初我隔着玻璃扬手想吓跑它们，可它们一点也不惊慌，驱赶几次无果，我也仔细端详起它们啄花瓣时的憨态，不知不觉看得入迷了。它们有时还远远地看看我，这是人与自然建立了信任的对视，也是对话，想必这些树才是它们最终安全的家。此刻我不再为花瓣心疼，倒是为鸟啄杏树作飞花而欣悦了。

而花瓣会错怪麻雀啄落了它们吗？还是怪花期太短，错过了春风的吹拂呢？

　　晨星未惊梦
　　隔窗听鸟鸣
　　时时啄花落
　　片片误春风

而我，在高处，观鸟、赏花两不误！

2021.4.1

暴风雨

我需要！在你的眼里酝酿一场暴风雨！
它要高高在上！
它要势不可挡！
这无边无际没有尽头的毁灭
我要它把今天连同明天一起淹没！

那些阴沉而热烈的云朵！
那些因渺小而飘飞的树叶！
我要它打开所有命运的豁口！
让我独自承受你绝望之后的愤怒！

我还需要在你眼里安排狰狞的闪电和雷霆
这疯狂了的海洋！这英雄般的山岳！
我不会再像蔚蓝的天空一样平庸！
这光芒！这霹雳！
这施展了魔咒的暴风雨！
我要你让我无处可躲！
这悲泣！这恐惧！
这被你击中的喜悦！
我要你看到我跳动着的卑微与羞涩！

降临吧！就请降临！

我要你用眼睛注视人间的时候
唯一受伤的——只是我!

            2015. 11. 2

风　筝

孩子们手中的风筝
总想挣脱束缚的丝线

广场上，孩子们手摇引线
风筝借助浮力找到平衡
高空并不自由
还受尘世的牵引

这种翱翔不需要翅膀
只需在开始逆风迎送
越往高处放飞的会越轻松
有人说风筝是被主宰的傀儡
傀儡为何被推上顶峰？

风筝在高空里体态轻盈
引线已经完全成了多余
只是在孩子们玩累的时候
他们会把风筝拉回到人间

1994. 3. 17

种子（三）

一

一切朽灭者在守望苏醒
成熟终将坠落
我，跌进你的手掌

或许是回归
在尘土与火焰中粉碎　变灰
说不清归宿　抵达
怎样的深度

所有的坠落
都将被大地融化
我，总在歌颂的物质中消亡

二

最原始的深入
为一个脱壳的思想
我多次垂询生长

背负生命的元素
灵魂
只需跳跃出坟墓的高度
一次期待向天空的坠落
潜伏于土壤之中

难以察觉的虚度
我，静候时间流逝

三

死亡在百年后成熟
我乘你失手之际划向天空

体态因自由而失重
摔倒在地面
赤裸的疼痛
发出入世来第一声啼哭

你——
是我百年之后的慰藉

1996.11.15

第二辑

宇宙的凝视者

一剪梅·窗前

独坐窗前望重楼
几家灯暗,几家灯闪
回首暮色连悲欢
悲了秋扇,欢了飞燕

曲酒斟满琉璃盏
几人身暖,几人心寒
奈何明月分聚散
聚在巫山,散在人间

2021.3.25

我这就去爱你

我这就去爱你
这就去最危险的地方爱你
我将带上你朝思暮想的月亮
带上那颗你凝视了很久还一直深爱的星星

我这就来爱你
我要带着最美的夜晚来爱你
还要带上一枚故乡的灯盏
灯盏下爱做梦的青年
这就是故乡最美的夜晚
我要带着最美的夜晚来爱你

我这就去爱你
这就去你还坚守着贞洁的险境
不用棍斧，不用刀剑，
我将手无寸铁地来爱你
没有骏马，没有航船
我仅仅依赖漂泊的双足来爱你
每一步都荆棘丛生
每一步都危机四伏
每一步你都要消灭我多少月光多少星辰
多少枚故乡不眠的灯盏

我这就去爱你，这就动身，日夜兼程
不需要明天，明天不再是安全的避难所
不需要来生，来生可以提前到今生
我这就去爱你，别无选择，义无反顾
你只给我这一条路来爱你
只允许我一个人来爱你
时间紧迫，只有一辈子的期限
我这就去爱你，
我不怕沉默，也不怕黑暗
我是带着月亮与星星
这些闪光的语言来爱你的

我这就去爱你
你不知道，我冒了多大的险来爱你
我冒险打破了所有禁忌
离开了从未离开的故乡和父母
告别了从未告别的姊妹兄弟
我撤去了所有的庇护
一路跌跌撞撞，哪怕鲜血直淌
我仅仅用希望做武器
把记忆当作盾牌
在前途未卜的战场
我正冒险用灯盏取代天空

我这就去爱你
这就去最危险的地方爱你

我来，只为爱你
只带着最美的夜晚和漂泊的双足

               2013.7

宇宙的凝视者

夕阳的光退回了西方
月亮把光洒在了海上
一片蔚蓝降落
一片蔚蓝苏醒
星星的光投进我的眼里
失眠的夜彼此远远凝望

像会飞的流萤
背着小小的太阳思想
像深夜的长灯
只把孤独者照亮

2002. 4. 18

凝 视

  人间最美的，莫过于眼神的相遇
    ——题记

静默地坐着
心底却一份炽热
仅在咫尺之隔
就我们两个

你注视着我的眼
我注视着你的眼
看得清是模模糊糊的脸孔
听得见是微微弱弱的气息
都是无痕的
都是无声的
相对如此长久
是在懈怠地挨延
时间白白虚度掉
我们幸福地厮守

我沉默
你沉默
真个沉默呵！

沉默里蕴藏着最丰富的语言
你眼中有我的
只说是虚幻的影子
你心中有我的
才算作真实的塑模!

蒙蒙的星月泻下来的
胧胧的烟云笼上来的
是投来慵懒懒的光波
时间的步子渺渺地远了
到了催促人的份儿
我是该走了!我是该走了!
连这样的一句话也无勇气说出
喉咙是发涩了的
眼睛是发热了的
牵来了太阳的辉光
惹来了月亮的冷漠
你掷来的轻轻柔波
我怎么承受得了呀!
只好将它反射过去

想到这样痴傻傻地坐着时
羞得低了头,发了笑
(你也陪我一起笑)
原来无声息中也蕴含着幽默
又是静悄悄的对视

又是炽烈烈的对视
情感淤积起来
等待着沉默之后的爆裂

总有些轻飘飘的感觉
凝重着此刻的缠绵悱恻
悄没声地坐着
也只有悄没声地坐着
竟扩张到了世界
世界也为我们沉默!

星光悠悠的远
月儿悠悠的远
静的,匿踪迹了
远的,隐影子了
倦乏了彼此的双眼
时间又来提醒道
"是该走了!是该走了!"
看到你眼中痛苦的挽留
是在哀求我的
"坐下来,和我一起"

眸子是黑洞洞的
像难以揣测的深渊
坠入那个深渊
将我埋葬!将我埋葬!

我化作了魂灵
在你心坎儿上舞蹈
在你珠子儿上跳跃

性灵的光是火辣辣的
像燃着的铜炉
抛入那个铜炉
将我融解！将我融解！
我化作的魂魄
再也不能腐朽
再也不能毁灭

相对如此长久
不见倦乏半点柔波
时间轻灵灵地来了
"该走了！该走了！"
已经站起了身子
却看见你惨淡的低首
你是情愿坐着的
我踟躇，没有挪动半步
摆脱不掉的折磨！
逃逸！逃逸！
显然是无力的挣扎
"放弃！放弃！"
索性又坐下来
相对长久的注视

你欣悦了
露出诡秘的笑来
我本不想走
借口是你的挽留

我的影儿丢了
你的影儿丢了
影子能躲在哪里呢？
窃贼又躲在哪里呢？
我俩竟成了小偷
藏在你的眼中
藏在我的眼中
就这样无度地消磨
不知该说什么话来
是有许多话要说的
却迷迷蒙蒙于徘徊的片刻
畏畏缩缩于彷徨的眼波
我们相对凝视
昏醉醉的我
恍惚惚的我
我是失魂落魄了
被你收走了！
庆幸是被你收走了！
就这样痴傻傻地坐着
何曾想过诀别的滋味
不会有其他的来烦扰

"我们两个一伙"

没有语言的相对静默
我已听得淋漓
我已听得淋漓
我将快活地跑掉
转过身,对孤零零的你说
"还要回来的,还要回来的"

1993.10

一扇小窗

透着灯光的小窗
窗帘拉得紧紧的
不透露半点真相
仿佛有人影晃动
足以牵动我的想象

是否孤单的身影
受不住无人问津的寂寞
来回踌躇着冲动
生活是该有点惊慌
也许你该学会慢慢思索

是否恋爱的一对
缠绵地被情绪包围
他们才如此紧张
好给爱情暂时蒙蔽
耍几个憨厚的伎俩

是否温暖的一家
各自忙着各自的事务
生命的框架基本稳定
明天的道路，或许

又该是这样一个情形

灯火瞬间熄灭
眼睛像断了线的风筝
巨大的黑暗给心灵蒙上阴影
回味给心灵掌上延续的灯
一扇小窗,无端
破费了诗人太多的想象

1995

女　巫

在星星走出梦境的晚上
我误入了那则最迷人的童话
孩子们把梦都献给了公主
我却爱上了城堡里最美的女巫

她有着变不完的魔法
等她打败了深山里的神仙
一定会让我骑上她银色的魔杖
带我飞着去遥远的森林冒险

我的爱一天一天加剧
欢乐的向往开始变得忧伤
她每次会站在最高的塔尖
却从不看我藏着她身影的脸庞

清冷的月光把城堡照得格外荒凉
也把我的寂寞照得如漆黑的夜色
于是，我会像那些贪婪的大人一样
把美丽的女巫说成恶魔

2015.9

长相思·登楼望月怀秋

上弦月，下弦月
立尽南窗数圆缺
都是相思夜

上层楼，下层楼
天地不异与人愁
三分天下秋

2021.4.9

秋　叶

一叶一片忧
叶叶满目愁
新叶只争春
叶落方知秋

2020. 9. 23

乡野生活

鸟鸣屋檐星在天
露珠含月地生烟
云自阴晴霞自暖
于无声里笑管弦

2020. 9. 25

咸阳少年

几卷诗书抵圣贤
欲问功名立豪言
咸阳少年今何处
打马扬鞭花在前

2020.9.28

同病相怜

草丛里蹿出一只女儿手
捉住了蝴蝶的翅膀

背后传来男儿声
"放掉,还它自由!"

1995

爱的幻觉

> 因此我给你安上苛刻的名字,而夸饰我的傲骨
> ——泰戈尔

总是用最轻薄的玩笑延伸着爱的触角
总是用最不经意的游戏挑拨爱的苗头
总是用最平淡的眼神传递爱的灵波
总是用最残酷的冷漠激起爱的萌芽

唯独不去理睬你,而和别人谈笑风生
让你时时恨得想起,恨得发笑
请原谅,那是我爱你的反证

故意忘记了你的名字,尽管它藏在心底
直等别人说出来,才恍然大悟
请原谅,那是我爱你的诡计

从不放过你任何的小错,而且大发雷霆
因此伤害你,怕你不知道我对你特别关注
请原谅,那是我爱你的超越
而你却用最善良的折磨
——欢乐的面孔,痛苦的背影

使我沉醉爱的幻觉

1993.6

罪　犯

只接受眼光的抚慰
不许温柔手搂我的腰身
"怎么，只许月光贴紧你的脸
沾上你的肩"
"哎！受道德的拖累"

你低头拨弄着指甲
提防我犯爱情的罪
"怎么，只许清风撩你的发
对你的耳私语"
"哎！传统的文化——儒家"

好吧！
不许你靠近我的身
只许你挨着我的衣襟

我转头，眼睛往黑暗里瞅
"不好，我已抓住你的手
听到你的心跳"
"哎！在世俗面前检讨"

1994. 10

凝视（二）：短暂的离别

独自守着窗子

(冷凄凄的我)

有的是太阳光的照射

却感觉不到一点温暖

只是你走了！

走也就罢了，热情都带走了

回忆被抽成真空

靠一点体温慢慢浸透

想你的丝丝缕缕

缠绕着，脱不掉你的影子

惶惶然，如被缚的蚊蝇

在精心编织的网里成为期待的俘虏

病魂了，断魂了，销魂了

人儿是羸弱不堪了

近处憔悴的我

是我的折磨！

远处憔悴的我

是你的思索！

在房间蜷成一团

世界被压制在墙的角落

怎奈何这收缩的眼波
是终日里凝眸的
凝眸！是离愁的酝酿之所
窥得远处你的魂

云层低低落落地
像要从空中坠下来
窒息着死倒也干脆
你偏要让我受爱情的罪
生如果就是为了救赎
这辈子恐怕是来给你忏悔！
如何读懂这本难念的经
在木鱼声里，我乞求佛祖
给你我一万年的修为

傍晚时分，轻纱似的雾遮遮掩掩的
没了你的影子
淹了你的脸面
淹没了你整个人儿
只余得缥缥缈缈的星空
只余得浮浮荡荡的夜风

我是要昏睡了
眼眶里盈盈睡意
却一再醒过来
月儿也在笑我的痴

羞得躲进云层
曾经的清清醒醒
如今也成了浑浑噩噩

流岚漫上来了！
思绪漫上来了！
竟穿不透流岚的阻隔！
穿越！驾一叶扁舟
浮泛在思绪的游波里
半道上我们相遇
竟是一种相思的牵惹！
月亮也成了你的导引
竟是遥望你的眼了
仿佛还缀着几颗泪
要去天边毁！
那可是我天上的几点孤星
谁能扯断它们那条寂寞的道路
清晨在东方，傍晚又到了西头
任它沉浮，任它飘忽
任它无限地忖度

没有了月亮，周遭暗沉沉的
纯粹的孤独
单薄得没有身与影双重的寂寞
困意于是袭上来
支撑不住的眼睑

怎奈得你戏弄的挑拨
远处城市星星点点的灯火
一闪一闪的
眼前竟是你与灯火交替着幻灭

以前我不知道什么叫渺小
你一副不在乎的模样
让我好一阵慌张！
只好做卑微的残月
说过已不再清高
那轮不再圆满的热情
是无人感知的哀伤

只是你走了！
带走了那一片晴空和流霞
留给我的只有疯长的黑暗
与一双盼望着的眼
"有什么可想的呢，走就走吧！"
何以说得这昧心话
情到痴原来是假！

白日里已教人昏庸
索性闭上眼，便要进入梦乡
谁知梦也让你占着
咳！黑夜里也教人昏庸
整日里昏昏庸庸地过

难道要平平常常地活!
还原我的天真
为何这般地老朽?
从醒到梦,我发觉时间的匆匆了
是你拨快了日子的钟!

你走了,我等!
说什么天涯与来世
我都等!
等?不知道是什么岁月什么年代
你有耐心,我也就有忍性
看额头添几道年轮
星星从头顶上生
别怪我执迷不悟
不想知道后悔的滋味
归期?总该有个归期
也许是一条堕落的途径
毁灭的路,我等!

早上的阳光趴在了窗口
心随着雾四处飘荡
我的游丝长出了脚
含恨含娇的游丝
潜藏着,暗长着
太阳光射进来
消散了流岚的阻隔

蒸融了轻雾的遮掩

外界明亮了

也明亮了心中的黑夜

暗暗说：盼望着，盼望着！

1993. 6. 30

10 月 14 日

  10 月 14 日接 294 次列车未见你，正惶恐之际，忽然倾盆大雨。猜想，你一定失约了。

秋月在远树底露脸
繁星在月光里羞惭
快赶赴恋爱的约会
为何这般匆忙
只因，令人心醉

秋月在枯枝间升迁
暗云在天边泛滥
约定 10 月 14 日的晚上
你知道我心里
无他，只是希望

乌云在天空里聚集
秋风在枯叶间乍起
说好在出站口死等
为何这般惊慌
料想，这是虚空

密云下起了秋雨

泪水从心底里瓢泼
在匆匆的人流寻觅
始终没有你的影子
注定，这是天意。

1994.10.14

10月15日

等待还持续在出站口外
人流在各自奔走

昨天你没有来
希望在今夜的心头不停摇摆
说好的不是14就是15
恐怕是昨日被幸福耽误

我有过失败的经验
你不来我也不自欺欺人
埋怨自己把一句话看得太重
希望总很微弱，似星火
绝望在幕后乔装，等待出台

"过来！"只轻轻一喊
消灭了希望，消灭了绝望
身子在虚无里瘫痪
猛然奔过去
用你的身体将我掩藏

1994. 10. 15

请 别
——观看爱尔兰电影《教授与疯子》有感

别在我的坟前献上玫瑰
别竖起高耸的墓碑
也别镌刻最耀眼的词语

别让孩子们站立得太久
斜照着落日的余晖
别让他们以为死亡很美
别以为，美得我会一去不回

2021. 8. 20

如果你是姗姗来迟的阳光

如果你是姗姗来迟的阳光
我愿意是最后一朵云彩
群星走后荒凉的天空
我愿意在无边的寂寞里一直期待

如果你是悟道离开的神像
我愿意是佛龛上最后一粒尘埃
守候在无人拜祭的殿堂
我愿意这点俗物留恋你尘世的挂碍

如果你是深秋晚开的花朵
我愿意是最后一片凋零的树叶
繁华之后苍老的土地
我愿意顽强地挺立着你的清冷与悲哀

如果你是不知疲倦的海浪
我愿意是永远疯狂的大海
倒映在心里难以平静的月亮呀
我愿意在沙滩停泊我的情怀

如果你选择用雪花将世界遗忘
我愿意是雪地下最忧伤的石头

不被理睬的深深依赖
我愿意用你的遗忘将我的忧伤覆盖

如果你已经厌倦了别人一千个比喻
我依然愿意是第一千零一个赞美者
无论你栖身于哪个事物之上
我都在距离你最近的地方

2013

活 鬼

太阳胆怯地躲进山坳
星星只露着眼睛探头探脑
我也早早关了门户,锁了心扉
听说,这夜里常常闹鬼

她来是要挖掉你的心
手里提着挖心的刀
不见流血也不留刀痕
神经是她要走的道

她来还要带走你的魂
她有的是勾魂的招
你活着她时时让你晕眩
你死了她也要跟你一道

叶子在黑夜打着寒噤
风撩起了地上的灰尘
她来了,提着刀挖了我的心
我知道,魂儿也跟她私奔

远远听公鸡啼晓
也不见她往地狱里跳!

1994. 10

春　夜

身居层楼心似客
春月带酒风带色
浮云半落若相语
坐起窗沿数星河

2021.3.2

白　露

孤云向晚雁向南
一树暮色落寒蝉
无尽秋声入凉夜
白露轻摇草叶尖

2021. 9. 28

春雪偶感

衰草知岁暖
暮雪压惊年
春来草还绿
雪融添新寒

2022.2.6

立 夏

轻卧凉夜简衣妆
风动纱帘半开窗
新铺薄衾晚来梦
蛙鸣深浅绕客房

2021. 5. 8

花下人

春来入碧林
春去徒绿阴
都怜花凋谢
谁怜花下人

2021.5.12

凝视（三）

在这昏黑昏黑的夜里
仿佛幽深幽深的谷底
望着碗口大的天
挣扎着要飞出去
空气里着实压抑
笔尖磨蹭着不听使唤
"害羞地挽留荒唐的句子"
哎！请听我慢慢说

既然爱来了让我有了灵性
为何这般地慢腾腾？
难道悲哽了感情的神经
或是连手指还没有感动？
都不是，是我自卑的懦弱
懦弱？眼前是冥茫的地狱
偏要勇敢地跳下去
你会投来轻蔑的一笑
刺穿了我的背，让心在太阳底下煎熬
这样的辱没也不能让我支撑骨气
笔尖还在磨蹭，写不出一个字
思绪被破坏得不能完整
只是在纸上无意识地画着标点

你像是一片过往的快乐的云
不肯落下打湿我记忆的雨水
因为承受不住太阳的焦灼
我只有跟着你的阴影来回地跑
干脆让怒火来烧
想象心中你的影子
炼狱里让你知道我爱的煎熬
哎！只是虚幻的影子
不痛不痒！你愈发在火焰上招摇
你肯定又在笑我的笨
世俗里有爱有恨
纠缠起来成了束缚的锁链
看来我也无法摆脱命运的绳索
命运？偏偏用一条锁链锁住了你我
你耍了花招，解脱了去
让我承受两个人的罪过

世界太小，好像只有两条道
一条让别人来走
一条是留给我俩误入的歧途
于是注定我们必须相遇
冤家吗？竟成了情侣
爱非得让人魂牵梦萦
作孽般地来回萦绕
向谁诉说呢？只有胆怯地忍着
爱是绝密的恩宠

你折磨得我差点逼供

只有掩埋罢了!

笔尖也通了灵性

逆流而上,倒叙爱情的印记

在今夜找到了最初埋下的伏笔

几分钟就完成了故事的第一页

只有我和你能看懂这其中的感人情节

趁还爱得热烈,对死也有点麻木

快埋进记忆的墓冢

别埋怨这一页被遗弃情感的卑微

儿女们将来做勇敢的掘墓人

故事的背后是否为我们落几滴同情的泪

分开只短短的七天

仿佛鬼魅界里苦役了七年

是人间还是地狱?

爱让我分不清阴阳的界限

再大的苦也得我一个人受着

季节也跟着来捣乱

七天里已轮转了春秋

走到繁华的街上

进了人流,见了久违的笑脸

还有朋友问长问短的寒暄

五彩的广告牌矗立在显眼的地方

迎合了城市的多元文化

沿着盲道无目的地走

太阳把城市照得太逼真
不留给思想任何欲望
光明和心只有肉体几厘米的隔膜
它并没有冲淡心底的灰色
笑也成了敷衍的伪善品
繁华只是虚设！

常说"人情似纸"
才觉得"人情是纸"
轻薄，压缩着亘古的世态炎凉
常说"多情似水"
才觉得"多情是水"
易逝，空余两岸的落叶闲花
你走得很坚决，不像我舍不得
转身已上了火车，隔着车窗玻璃
从你脸上飞出了轻灵的笑
投给我已成了沉甸甸的石头
压得我整夜失眠
你的笑就是我恋爱的罪魁祸首

太阳躲在了山的后头
她并没有远离这个星球
只是忽而近了，忽而远了
倒希望我是你戏弄的玩偶
感情可是这样的轨迹？
永恒已经在天空里昭示启迪

这我就放心了,短暂的分开并不是诀别
常痴傻地望着窗外
任思绪在空气中缠绵织网
没捕捉到一个蚊蝇
反倒受初秋时蚊蝇的欺凌
它们也知道我遍体鳞伤,正好欺负
做这个无力反抗的人的游戏
父母姐妹也在爱的欺凌中被赶走
你成了我新的主宰
笑是你胜利者的姿态
像闪电比霹雳高明
你的笑胜过我多少感人的诗句

这一场情感较量你占了上风
我甘愿做被驯服的失败者
收敛了一个人的野性
做起了两个人的梦
甚至是你世界的一粒尘埃
忍受平凡的踏踩
哪怕被踩进地狱也心甘
你吹来的罡风
非要将我捧到天堂的高度
我只是微末里的微末
你却知道我是泥土中的哪一颗
我跟着你的世界疯着跑着
全然不顾被感动的险途

眼泪将我变成了泥

半道里承载不了摔下来

你却笑着在半空的旋风里

看我憨厚的滑稽

在这昏黑昏黑的夜里

我怕！怕你玩弄巧妙的招数

还有智慧的玄言

1993.11

青春醉

桂花为酒桂花香
少年无愁少年狂
对笑长饮三百杯
不入相思枉入肠

2021.3.15

寻　春

一

无名山下少人家
处处啼鸟藏杏花
惹得闻花常闭眼
换作心里落余霞

二

驱车寻芳绕野村
石岭横斜峰回春
桃红杏白紫玉兰
散作漫山数朵云

三

墙外老树落归雁
檐上晓风破炊烟
杏花一日千山雪
明月三春万里寒

2021.3.23-25

霜　降

风过城西云飞絮
红叶如玉树如炬
声声归雁人万里
片片寒霜秋无余

2022. 10. 26

思念成雪

爱尽千般至无言
空枝寥寂叫秋蝉
不觉云深寒欲雪
应是漫天飞纸钱

2020. 10. 9

秋　思

秋天的夜晚——拉长了
秋天的影子——拉长了
秋天的道路——拉长了
秋天的目光——拉长了

一切都是这么适宜
秋天正好可以想你！

2015

我愿意和你在一起

我愿意和最透明的阳光待在一起
我想体会阴影的高贵
我想在阳光最炽热的正午
去伸手触摸阴影的温度

我愿意和最陡峭的山峰待在一起
我想在山脚仰望悬崖的高贵
我想登上没有欲望的最贫瘠的山顶
看群山是否和山下的我一样卑微

我愿意和最漫长的雨季待在一起
我想在伞下注视雨中树木的高贵
我想去安慰最悲伤的天空
不再钟情云朵与雨滴的别离

我愿意和最羞涩的黑夜待在一起
我想数一数星辰的高贵
我想点燃最多情的灯盏
它照亮了最孤独的面孔

我最愿意的还是和你待在一起
我想让你知道，所有的高贵是多么地平庸！

2015.11.18 晚

我的童年

一

夏天里，铺一张凉席
坐在一棵梧桐树下
学着张衡数星星
说长大了也当科学家

"一颗，两颗……
咦！这颗数没数过"
算了，重新再数

早上起来
问他数了多少个
眼睛迷糊着
嘴巴嘟囔着
"反正有好多"

二

昨夜的雪悄悄来到我家
出乎天气预报的预料

早上推开房门
刺得眼睛不敢睁大
以为树上全开了梨花

急忙挎上书包
直打到屁股下
穿起一双大胶鞋
走起来吧嗒吧嗒
打了一顶雨伞
整个不见了他
呀！跌了一跤
"小心点，路滑！"
笑嘻嘻朝屋里喊
"没事，上学去啦！"

1995

留在梦的边缘

一场新雨在傍晚时分放晴。黄昏是交接的时辰,蓝天交给了晚霞,白天交给了黑夜,太阳交给了满天繁星,工作劳累的身体交给家庭,而心事却如星星,在天空星罗棋布地涌现,头顶刚还是黑黑的一片,仔细看又有几颗隐约地探出头来。路上的积水明亮如镜,提醒着我们小心躲闪。

我和她手挽手相继跳过路面浅浅的水洼,如同钢琴上弹奏着的主音和辅音。跳过之后,两个人咯咯地笑着,又如同主音和辅音久久不散的颤音。

"你好久没写诗了。"

"还有比我们手牵手跳过积水更美的诗意吗?"

她的睫毛悠长锋利,像考古学家挖掘历史的印迹。

"干吗这种眼神看我?好像我们有一万年的距离。"她嗔怪地撇嘴。

"你一个眼神就能拉近五千年。"我的技巧笨拙如榆木。

她瞪了我两眼,随即笑声穿出了院墙。她一定在云朵的家乡,星辰的故里,否则她为什么看起来那么远?我的话让她快活得犹如溪流上急速漂过的纸船。

2021.4.15

缓　慢

该落下多少雨滴，云朵才会死去
该熟透多少颗种子，土地才会死去
该默念多少遍箴言，灵魂才会死去
该和你说多少次再会，我才会死去

该从大地升起多少闪电，天空才会复活
该给灰烬套上多少枷锁，光芒才会复活
该刻在墓碑上多少白日梦，黑夜才会复活
该死去多少芸芸众生，我才会复活

都是这样的缓慢！
缓慢的诞生，缓慢的相爱
缓慢的告别，缓慢的遗忘
缓慢得如同静止，缓慢得像虚构的悲伤
也正是这缓慢
加快了我死去又复活的余年！

2017. 4. 22

我不愿让你失望

不，我不愿让你失望
如果给我明星的声望
如果还很浪漫还很倜傥
而且一副偶像的模样

不，我不愿让你失望
如果拥有国王的宝藏
如果拥有童话般殿堂
还有款爷作为嫁妆

不，我不愿让你失望
如果胸前佩戴英雄的勋章
如果有一双翻云覆雨的手掌
甚至手里拄着政治家的权杖

如果这样才爱上你
再给我强盗的胆量
献媚者腰杆
骗子的伪装

不，我决不做再多假设
我只有诗歌可以支付

如果诗歌可以典当希望
如果你的心灵是诗歌兑现的银行

2005.4

投　缘

今天雨下得正大
曾经在我屋檐下躲雨的那只小麻雀
不知又躲在了谁家？

你在屋檐的椽边搭好了窝
看见了陌生的我常常不安地鸣叫
每次你来的时候
我都会痴傻地看着你
不敢惊动任何声响
就是我淘气地笑一笑
你也会像个精灵突然地飞走
有时粗心的你会震落一根
比我的目光还柔弱的羽毛

可爱的小家伙
你也在我的心里做了个窝
今天你为何迟迟地不来
竟也让我这般痴傻

1994

凝视（四）：围困

早春，二月
愁云落雪——天空凋谢的花朵
封锁了受尽折磨的步履
凝视的眼睛是被你围困的小小家国
这一尊炉火，也解不开我寂寞的院落

深夜，已是三更
冬季获胜的白雪在春天建造迷宫
没有人找到可以炫耀的出口
借助梦境，你闯入了我满城荒凉的故乡

伴随卑微的，还有这盏预示繁荣的灯
夜晚和冰冷都会让我瞬间成长
诗歌却让我如此莽撞
在一次次的沉吟里，走进亮如白昼的夜色

2014. 2. 25

她在汉中

她在汉中
向西，偏南
快马加鞭
漠西沟，凤鸣山
虢镇坡，石鼓园

向西，偏南
快马加鞭
大散关，秦岭顶
酒奠梁，柴关岭

向南，向南
快马加鞭
褒河，栈道
楼房，人烟
吁！
天上几只向北的归雁

2012

初恋的美好记忆

那次,我下定决心拉你的手
就在我伸出去的时候
我却将手抬高了 75 度,挠了挠头

那次,我下定决心去吻你的脸
就在危险的零点九八秒
我的嘴被音乐拯救,吹起了口哨

那次,我下决心搂你在怀里
看着幸福几乎到手
我却打了哈欠,伸了个懒腰

结婚了,你说:"你当时可真没用"
我说:"这是回忆里美好的风景"

1999

情人与情敌

我的情人是一株低头含羞的向日葵
只有阳光见过她迷人的脸庞
蜜蜂是我的情敌
将芬芳秘密地隐藏
我依然徘徊着,胆怯地远远张望

我的情人是岸边忧郁的垂柳
只有春风理解她的惆怅
湖面的倒影是我的情敌
这一对同胞的姐妹
打乱了我思念的方向

我的情人是五根沉默的琴弦
只有孤独抚平她的创伤
我的情敌是五根寂寞的手指
一次撩拨惊扰一次战栗
指端滑落了我多少话语

我的情人是漫步在云端的梦境
只有漂泊者和她灵犀相通
我的情敌是飞鸟的翅膀
错把天空当作永远的故乡

我依然站在地面，睁着梦的眼睛

2015

请把我从你的心上拿开

请把我从你的心上拿开
我本一粒轻微的浮尘
偏要给你百斤的重载?!

不知去何处漂泊
何处是家?
怎泊进你羸弱的心府?
只卑微的一粒尘
蒙蔽不了你恋爱的眼睛
也压弯不了理智的苍穹

用你微笑的喜颤
抖落它到泥土
用你泪水的潜流涤荡
被思念污染的肮脏

这一粒微尘
它会忧伤地回到土壤中
又要漂泊?
它已够轻微渺小
还要磔裂它碎成粉
它更加地卑微

请不要把我放在心上
我本浮尘般的重量
不足以给你百斤的重载!

1995. 11. 12

山谷之恋

那个几乎被遗忘的山谷
诞生过许多神仙鬼怪的传说
如今蒿草覆盖了小径
依稀能够辨认的多条岔路
可以看出曾有的繁华
平凡的我仅是这里
一个无人知晓的过客

荒芜蔓延了整个山谷
惊奇地看见了一簇鲜艳的野花
还有一只蝴蝶在上空飞舞
这一对天生的精灵
竟然从没有分开过
谁料想在这里
演绎着一段不为人知的快乐

怪不得它开得依然耀眼
有赞美的翅膀让它浮想联翩
只要盛开还不枯萎
它们都仿佛约定好的
成了彼此年复一年的安慰

我满怀喜悦地离开
也许爱我的人正徘徊在谷外

2007.7.23

她

我是人世的瞬间过客
你是我梦里的常客
你不想让我长生
等于将自己毁灭

她,恰似魔鬼
偏要在黑夜里来临
你刚把她推到心外
她便用指头敲你的脑门

1994

消失的微笑

隐逝在残墙里的微笑
瞬间消失得没有痕迹
笑声遗落在拐角处
如此笨重,拖累着我迷茫的眼睛

转身而去的背影后头
又躲着怎样的一个愁容
分手的刹那如此遥远
遥远得到了思念的边沿
尽管只有一墙之隔

目光依旧停留在残墙上
不断重演着长发飘逝的瞬间
还有被残墙遮挡的半边脸庞
耳际依然萦绕着
忧郁的脚步在残墙下踩出的
那几步来回忧郁的回响

1994

黑夜的献诗

黑夜,永恒的战神
驱驾着黄昏阴影的战车
披挂着夕阳铸造的盔甲
向光明宣战!

你巨大的手掌伸向每个角落
攻破城市村庄的堡垒
到处都是你占领的战场
一切生命向你缴械!

如同黑色的旗帜
从西山的山顶飘起
凭空俯冲而来
夺回你胜利的领地

如同黑色的幔帐
悬挂在大地与天空的中央
众星肃穆地站立
凭吊光芒的逃亡

如同黑色的火焰
紧贴着地面蔓延

物质都丧失形体
在你的火焰里化为乌有

如同黑色的河流
决堤似的四处泛滥
而后蒙蔽一个巨大的秘密
这潭死水不再掀起一点波澜

黑夜,却为何被安上窃匪的名声?
你给天空镶上星星
给大地撒满梦想
这才是你最慷慨的馈赠

无坚不摧的黑夜
任何阻挡都要付出死的代价
你毁灭却从不伤害
在光明来临时
你又完全交还给太阳
作为战争的抵偿

黑色的眼睛
掩盖色彩塞满的瞳孔
把罪恶的元凶慢慢收拢
沉入睡眠设下的深渊

黑夜,你才是诗人的黎明

懒惰者的墓茔
把傲慢的太阳赶走
将卑微的烛火点亮
让伟大暂时躲避
也让平凡闪耀光芒

黑夜,披上你黑色的战袍
把叛逆的孤独者唤醒
请允许我加入你的阵列!
和你站在征服者的高空
哪怕去胜利地流亡

请教会我你的步履!
那些威压而不践踏的步履
你绝不在人间留下足迹

请把你的胸襟给我!
失败的天空和大地
都成了你温顺的子女
还有你的胆量和豪放
在我们相互欣赏的夜里
一醉方休!

黑夜啊!
那些自以为是的灵感
是我供奉的唯一财富

在清晨到来的光明里
我又陷入你走后的虚空
如同我的梦境
你将它摇醒
又将它熄灭

宇宙最初的主宰者
光明最初的缔造者
在黄昏金色的预言里
我期待你信守承诺的凯旋！

2006.9

爱情游戏一瞥

一

你是无情的夕阳
我还做多情的影子
分明想用黑夜将我埋葬
如何却又将影子延长

也许在你诡计的老窝
把思念掉转了方向
让我黄昏时还向东方触摸
你黎明般少女的幻想

二

"因为你老实，所以"
"所以，你才喜欢我
老实人可不止我一个"
"你——你想让多少人遭殃！"
（你甜蜜的执拗
我看着你乐）

"我的心是自由的国度
骗子能轻易地闯入
老实是最精明的骗术
一个已够我这辈子对付"

三

"为何没有太多的痴情话
三言两语就将我打发
是你心中另有个她
还是故意表演的假"

"语言可是祸根
沉默里藏着金
嘴里差点吐出了心
亏得沉默保住了贞"

"你吞吞吐吐像打盹
恋爱的内啡肽也无法让你兴奋"

"要说的话已经在嘴里迷路
语言已不是我表达的主流"

1994.11

四

女：
"这下好了
我找到了你——我的归宿
哪怕成一只笨鸟
放弃飞的本领
我以前像寓言里的乌鸦
得过且过从不坐窝
你是我停靠的大树
挽留的枝干绿叶为我避风挡雨
永远和你为伴，做我爱情的梦
哪怕！哈！哪怕你冬天秃顶"

男：
"那你最好变成啄木鸟
你就不怕我头上长出害虫"

1994.12

凝视（五）：眺望梦境

梦起源于装满星星的夜晚
夜，遗失了太阳与色彩
我情愿再遗失影子和风
满眼的虚无体会星星的孤独
夜，逼近了梦境

眺望星星就是眺望生灵
你说："每一颗星星代表一个人。"
我说："那流星就是和眺望者相爱了吗？"
世人无数，陨落者无数
还有你我坚守着信誓旦旦的银河
夜晚如此相像，一如你的模样
黑夜雷同得让你几度伪装

眺望是偏安一隅的流放
越沉迷越难有归期
你，属于这样静止的时刻
为了守住你，我在眼睑四周
潜伏下三百六十五个月亮
今夜，你取代了所有的事物
取代了门前麻雀筑窝的泡桐
取代了落下灰尘的窗棂

钟楼巷的小院，四面的墙
还有墙角以逸待劳的蜘蛛网

我不再做飞蛾，这无辜的命运
不做网里的，也不做扑火的
我想做骇浪，只听从大海的风雨
给你去听波涛撞击着绝壁

你说："如果我们不看它，
　　　　星星会不会没有支撑掉下来？"
我说："它们压根就不存在，
　　　　我们眺望的不过是一个梦境。"
你快活地别过脸
说我想得美，躲着我的聪慧
你，属于这样漂泊的时刻
如同路灯下的影子相互交替
像梦一个对接着一个
不让人醒

我曾在冬天看到飞舞的蝴蝶
也看到许多错过了秋天降落的树叶
这是时间的失误和笑柄
你总是在我眺望的时候闯入
世界缩小成两个瞳孔
但禁锢不了那样的飞翔

你说：" 月亮是你的镜子
我在月亮里能看见你的脸"
我说："风是你的潮汐
我能在风里听见你的心跳"
此时，空气安静得好像着了迷
静得只有你听见我的思念在生长
远处的你笑得如此地灿烂
把我的眼睛照得如同白天

你说："我会顺着你眺望的眼睛跑过来"
我说："你要和我比想象力么？"
你笑得前仰后合
仿佛一朵水仙花在风中摇曳
笑出的眼泪便是花蕊翻滚的露水
我被这一声笑所围困
至今还在涟漪的中心徘徊

你说："你的聪明是我捧出来的
我的傻是你逼出来的"
不置可否，这是你最得意的赞美
我昂首的傲慢变成低首的羞惭
这句话让我陶醉很多年
我不知道眼光叠加的重量
看多了会不会压得人不愿抬头

黑夜一如少年，纯洁到孤立无援

她一定回到了星星中间
如果你眺望星空，肯定
其中一颗也在眺望你

2009.4.28

我这就去爱你（二）

我打算躲进明天
像一个潜逃的囚徒
所有的幸福在今夜打开缺口
所有的临近用爱情背叛今天

为了让我在明天爱上你
你在今天布下了漫长的黑夜
漫长得必须付出最高的情感
为了让我们在明天相遇
你在今天查封了所有的道路
只留下凝视的一线生机

明天，多么闪光的名字
在失眠的夜里如此耀眼
我已经无法在今夜停留
因为我的想象已经跑得太远，太远
在星星消失前务必抵达

我这就去明天爱你
在那里，我会满怀激情地等待光明
我会带着余生的泪水和骄傲仰望天空
你只给我明天一天的时间来爱你

我知道这已经足够长久

我也知道这一路的憧憬有多么危险

希望让每一秒都带着悬念

让每一句话含义不明

让每个眼神含义不清

可我们都听得懂看得懂

我朝着启明星的方向向你靠拢

我会在星光里和你重逢

可明天没有相遇，总是别离

在那朝霞漫天的黎明

我将被第一道光芒刺伤

当明天成为今天

而你永远属于明天

我又要穿越无数个黑夜的阻挡

明天的世界如同遗忘般遥远

用手触及不到你

用脚不能走近你

但我不怕失败不怕危险

甚至不知道能否相认容颜

既然明天是我们必走之路

我打算用梦和思念跨越这道鸿沟

2011.7.1

你写的那张便条
　　——仿海涅

你写的那张便条
着实让我觉得好笑
明说不再管我怎么去做
却在最后发出警告

薄纸半张，淋漓尽致
短小精悍的绝妙文采
倘若真的彼此了解肤浅
该——不会老点中我的要害

1994. 8. 15

潜　逃

是的，她骑行了八千里，换了几回马匹
从旧的时光里赶了回来
过去真是干净，她脸上没一丝积尘
所以我一再沉湎下去
索性捆上石头，一直沉到底
也把这条路拉得更长

记忆里阡陌纵横，类似迷宫
但我相信，有多少道路远离你
就有多少道路通向你
来来回回都是亲近之人
只有她通晓捷径，总是先一步到达

这些我并不诧异
没有在意过花开的人
才会惊讶花的凋谢

她属于恒星，自带光芒
她的笑脸犹如太阳
在黑夜，那些向日葵也一定转向她的脸庞
的确，她一来就搅乱了作物的生长

说到灰尘，它落于岁月之上
尘封起来误以为没有打开过
所以，我会把最闪亮的都压在时间的最下面
以便她从背后快速地潜逃而出

2022. 12. 5

不 安

我的不安缘于你的平静
仿佛幽深的湖面凝结了冰凌
你把最细腻的心事如沙砾堆积在湖底
即使狂风也吹不起滚动的涟漪

我的不安缘于你精灵般的活泼
仿佛水蒸气逃脱时的一无所获
你消失在远远的云里以隐藏笑脸
还投给我幸福的闪电

我的不安源于你撩拨的琴弦
颤音在抖动的琴弦上失魂落魄
疼痛的跳跃，一点点消弭
而后又把我困进弦索

我的不安是摇摇晃晃的烛火
战栗且慌乱
如躲闪的阴影，掩盖着它的存在
正是不安的晃动让阴影活了起来

2014.3.7

你不是我

你不是我
你无法驱散阴影里烛火的沉默
你不是我
你打不开一颗露珠饱含的黑夜
你不是我
你难以用河床封存被河流深埋的月光
你不是我
你只看到雨水,却看不到闪电焚烧着云朵

你可以是任何人,唯独不是我
我的心跳怎能敲响你的胸腔
我想告诉你我凋落时的挣扎与彷徨
我想告诉你一枚枯叶的梦想
清晨的太阳和黄昏时一样悲伤

可你不是我!
你要是我该有多好啊!
我羞于启齿的,我心里的秘密
还未说出口,就会被你懂得

2016.11.26

第三辑

宇宙的思索者

墓　碑

> 所有的大门都敞开着,我们以形形色色的方式进出着。我是追随者还是领路人?
> ——题记

时间是个石匠,用死亡把我们雕琢得近乎完美。死亡,最高的荣誉,弥补着我们生命的缺憾,使我们勇敢地走到了尽头。我的墓地会悲伤几双眼睛,或者在注视中成为风景,我已经不在乎。置身于生命之外,以脱离人性的状态审视人生,我们始终是戴着枷锁的囚徒,道路、诗歌、血缘以及诞生都成为罪证。躺在墓地,那些曾经流落在脚下的尘土在仰望里成了星星。那些人,那些村庄和城市都仿佛一下子搬到了天上,死后才知道,原来活着的人一直活在天堂。一切终将被墓碑覆盖,而我们无处躲藏:进入高楼,高楼就是墓碑;进入森林,树木就是墓碑;一眼望去,我们就是行走的墓碑。不知何时,也不知何地,我们和死神会不期而遇,每一时每一处都成了坟墓,那些见证我存在的事物是不幸的,因为记忆是不幸的,见证者就是墓碑。于是,一株草会成为墓碑,一棵树也是,一张床、一把椅子抑或是一座房间、一个人。无论生还是死去,万物即墓碑!

赶在时间杀戮之前
赶在抒写荣誉的祭文被朗读之前
我——进入了墓碑

赶在尘土成为星辰之前
大地成为夜空之前
我用石头封存了灵魂
——默默无闻的石头
在文字的美学里复活
这些被囚禁的赞美
在落日的映照下庄严如圣殿
我已不能分辨伟大和卑微
贫瘠的石头,一夜间富有
语言却陷入困窘,只剩下比喻和赞颂
我们是被一种修辞带到了终点

那一列列亲如兄弟的石碑
使我确信——
我们曾经属于星辰
属于降落在尘世的一点天空
依然要回归光芒的领地
却忽视了尘土暗藏的杀机
我们将被土壤掩埋——
最朴素的升华
用黑暗向光明靠拢
为接受后世的恩宠
我——必须死亡
在空间的背面,在负的时间里
我不再苛求重生
——只会玷污生命的珍贵

生命是一次次回声
有人高亢，有人低沉
死亡已让我忘记了倾诉
我——
选择了倾听
那些我们必须赶赴的约会
那些日夜穿梭的人群
那些追随而来的脚步声
我在地下也会泪如泉涌

墓碑是一次次回眸
是亡灵睁着的眼睛
注视着新的诞生和纪念
那些酷似我们的身影
在沉重的眺望里愈发地孤单
那些记忆筑起的坟墓
越不过墓碑的高度
于是，墓碑更加孤寂

这不是告别，我以为我们走到了尽头
请不要哭泣——
那棵树遗忘了我们
院落遗忘了我们
父母遗忘了我们
我们不幸的见证者呀！

这最后的怜悯——墓碑
在疯长的野草中间使我们免遭遗忘

未来——
那些荒芜的时间，未被开垦的时间
那些失败的渺小的空间
墓碑使我们坚信
——我们没有失守最后的堡垒
这最后的伤痛
也是我永生的光荣！

2010. 8. 9

镜像之路

走投无路时
必须去照照镜子
——空间翻倍
尽头在镜子里瞬间延伸
不会有绝境,可以一直走下去
时间首尾相连,不留缝隙
陷入了死循环

走进镜子
河水逆流,寻找它的源头
太阳由西向东
清晨入睡,傍晚苏醒
雨水从土里冒出,回到天空
凋落的花朵慢慢合拢,在枯萎中盛开
一去不复返的人将含泪归来

我多想走进镜子里
把走过的人生再走一遍
向前走也即向后退
许许多多的离别都会再度相逢
有些地方我会无视而过
有些地方我会停留很久

或者再久一点
聚散不再由命运摆布

看镜子时一定是孤独的
能看到那个虚假的自己
尽管身后的一切面目可憎
而在镜子里
可以让一切恰好相反

2020.12.19

宇宙的思索者

一杯酒，一盏灯光
一颗星，一点幻想
再加上黑夜的否定

几分迷醉，几分孤独
几分邈远，几分空无
享受这一刻凝神忘我的虚度

和自己为敌总是这样开场
势均力敌的两个我
一个拿坚硬的盾
一个持锋利的矛
打一场没有输赢的战争

唯一思索的，是一双发呆的眼睛

1994

艺 术

那么,让我们来谈谈艺术
谈谈循规的秩序、越轨的美感
它起源于一次觉醒
成就于一次呐喊
不朽于一次燃烧:灰烬或是灯盏

是流亡思想的拾遗者
是尘封岁月的挖掘者
是道德遗存的殉难者
是精神涣漫的剥离者
是大地之书的喻世者
是漂泊之足的领路人

艺术是残废的雕塑
是断了双臂无法穿衣的维纳斯
是想大笑却掉光了牙齿的蒙娜丽莎
那失去指挥的头颅而四肢僵硬的胜利女神
留下和脖子一般粗的伤疤

是那个图腾,是野兽向伟人的进化
是那个终极的信仰,埃利蒂斯说:
"上帝啊!你费了多少蓝染料来防止我们找到你"

是那从岩石和树木出发的古老回忆
一路西行,在不断失宠中还原自己

是那流淌着血液的京杭运河里船帆相竞
那掩埋了儒家经典留下的大坑
是乾州城北躺在梁山的女王
她不会患上风寒的石头的裸体
是那废墟上营建纪念碑的笑柄

艺术是那笑声,是美人三笑误国的家国游戏
余音绕梁,回荡在千年之外的耳际
是热闹的历史盛产暴君的恶习
它那俯首的臣民周期性的苦役

它是谦卑的俯首,那就去低头看天
去杨柳岸看河流冲不走的层积云
去看酒杯里飞过醉醺醺的红朱雀
看大海吞噬了惊恐的闪电
那是痴情的三月掠走了处女座的贞洁

是那玫瑰的花期,是那爱情的受难日
是那盖头下新娘似的谜底
是那终夜摇摇滴坠的红烛
它好似情敌夜不能寐

艺术是腐烂的王朝,真理的碎片

是它的杯盏锈上荣誉的绿斑
是那一声跌入深渊的压扁的呻吟
在幽暗的洞口发出的古铜色的回响

是那凯旋的葬礼，毫无瑕疵的悼词
是那凌晨五点的唢呐
它镀银的高唱把梦擦得锃亮
是那相互抄袭的祭奠，不能回谢的厂身
那座喋喋不休的空坟，和它埋进一个人后的安分

那是诗歌与战争的合金
是滴血的广陵琴
是击溃霸王的埙
是北国雪飞舞的沁园春

那是天才们癫狂的时辰
就去让笔杆在枪杆中历险
体会诗篇在罪恶中亵渎的快感
是一个个文字嘀咕的细语
误入了书本的疯人院

它是那月亮，是那个几千年来被吟诵
打磨得深谙世故的月亮
是这个谦谦君子始终不为人知的背面
它是那个光棍汉的月亮
在我们眼中忽闪而过抓不住的相思病

是那个令猴子一念成疾的月亮
它钟情水中月却对天上月亮的薄情

它是那个时钟，步履躲在彷徨忧郁的监牢
那卑微的秒针坚持着伟大的思考
是它那没日没夜永不停歇的失眠症
是那个需要校对时间的挂表
它每次迟到的钟声在为谁而鸣

它是那个镜子
是放大镜下的蚕食
是凹透镜上的鄙夷
是照妖镜外的假面孔
是哈哈镜里的悲喜人生

它是失败者的胜利法
是中庸者达观的咳嗽
是叛逆者度势的发迹
是口吃者的随机哲学
是献媚者的职业术语

艺术是大师级的粉墨登场
是小丑们谢幕前的卸装
是那些围观者眼光欺骗意识的自鸣得意

是那迷途，那不知所措的岔路的交点

它们是彼此怀疑的分离还是信任的相遇
是那只陷进泥里的左脚
刚抽出来又陷进去的右脚

是那个深锁在闺阁的女郎
摇曳的样子像一首挽歌的哽咽
镂空的脸庞，紧咬着誓言的铁
高墙上守卫着追逐的壁虎
或是《周易》，或是《论语》，或是《礼记》

总有一堵无形的墙需要我面壁
那叮当作响的钥匙和远去的守门人
余下那囚禁又是庇护的墙壁
余下那划出攀爬斑斑指印的墙壁
或是衰老，或是良心，或是她

是她那光滑如沙滩的额头
它带着夜空倾斜的弧度
那是指引星星降落的曲线
她那滚着春雷晴朗的眼睛
是我在风暴里宁愿触礁的灯塔

是那晨曦中略显高贵的石阶
它把忠实的阴影缓缓地抬起
是那出站口散去的薄荷般清冷的人流
他胆怯地像个旁观者还在踮脚张望

就是那个装满所有春天的窗口
那时的怀旧还没越过青春的惊蛰
是那个灿烂的少年眼里的太阳雨
他刚刚打湿窗檐就跑进秋天

是那漏斗形的记忆
此刻是谁把漏斗打翻
是谁在把爱向深处转移
是谁使我们独自一人也面露缠绵

是他们在杯口阻挡我们沉入海底
是他们的珍珠把我们还给了沙粒
盘古　燧人　伏羲
女娲　轩辕　神农氏
有巢　仓颉　夏禹

我想知道：那片叶子收集了多少鸟鸣
它落下时释放了多少天空
还有那炊烟，她用灶火点燃了我的祖国
在我的头顶，它的风帆升起了屋脊的航船

艺术是那纸上的流年和江山
它饱蘸笔墨无故把世界模糊地晕染
赞美那看不清的面目
赞美那轻薄的人间

艺术是唯一的苦难，唯一的光荣
是生存与毁灭的守恒
是那无数个无意义的零

艺术是唯一的自由，唯一的宇宙
是令人顿生伟大的存在
是那个迷人的永恒的虚无

2006 初稿

2022.12.20 定稿

燃烧过的麦地
——致海子

谁家调皮的孩子,燃着了乡间的野火
麦地黑一块,白一块

丰收过后的麦管像针尖,刺得脚疼
像饥饿的乞丐,张着大口
又像是猛兽,对着天空怒目而视
更像在质问疏于耕作的懒汉
被质问者感到一阵恐慌
我夺路而逃
站在燃烧过的麦地上

质问者!你终于缄默了
曾想以自身的火,煅烧大地的肌肤
留下了被灼烫的黑色疤痕
如今我就在你暴虐的掌心

质问者!在荒年
你是否还如此嚣张

1994.9

顺从的世界

树木顺从了风
锯断，剁成柴
炊烟顺从了风
即便烧成雄壮的烽火
烽火顺从了风

不屈的世界
也顺从了季节的颜色

2021.4.2

缓慢的时光

书架上一些很久没有打开的书
落满了灰,似乎等着尘封,酿成佳作
埋没代表一种深度
它们并不急于进入薄情的人世
不打开,我们都是安全的

选择漠视,并不妨碍彼此相爱
如月见草,在黑夜也知道如何开放
等不到天亮,永远固守着黑夜
固执得让人颓废

垂柳适合种在岸边,或者隔岸和我相对
有了水,垂柳才像女人
有了倒影,她们就钟情于彼此
月光是对她们爱的加冕
时光也有了弹性,可以随意拉长

柳丝是时光的薄幕,后面藏着一些暮年
每一次被风不经意掀开的缝隙
我都试图窥见我明天的流向

2021. 5. 13

信仰（三）

我看似没有信仰

看似没有走出掌纹控制的命运

忏悔，不拘任何仪式

升华，无须累牍经文

我的沉默日臻完美

却掩盖不了我有瑕疵的性格

我热衷用孤独替代喜悦

笑不是我空虚和伪善的假象

锋利的誓言在坚硬的世界留下斑斑豁口

你的美成了我唯一漂泊的理由

我一直心存信仰

在我心灵的圣殿，我只信仰正直、善良

我不必成佛，也不求天堂

我的黑夜依旧跟随着黄昏

依旧苏醒在一个平庸的黎明

下一秒将伸向何处？

和我的伤口在哪里会合？

我曾慨叹消失的身影

你在我眼里升起过无数的太阳

所有的光芒都美不过落日的余晖

那些记忆，好像只和我隔着一层玻璃

我们相互凝视,却无法触及
我试图用倒叙的手法杀戮回忆
比如用春天杀死雪花
或者用爱情杀死玫瑰

我如同一个最美的词语
在对你的一声赞美里
让自己黯然失色

2017.5.19

敲门声

谁狠命地敲打着门栓
声音穿透了包围的黑暗
这突然造访的不安分的人
搅得黑夜如心的混乱

喜讯还是噩耗?
陌生人会带给这一家怎样的预言
消息来临他们可曾有任何的先兆?
生活也许在黎明到来之际提前改变

敲门声一阵紧似一阵
恐怖引起了远处狗的不安
黑夜胆小得一敲就碎
心也隔着胸腔提醒般捅着夜的脊背

他的气力终于耗尽
疲惫地拖着步子
我的心也在尾随
脚步渐渐远去,直到平息
所有倾听的眼睛茫然地在黑夜里逡巡

1995

一棵树的命运

一棵树被画进油画
围观,赞美,拍照,留念
登堂入室,变身高贵

此刻,它在沉寂的山林
正经受着凄风冷雨
艺术家们只会断章取义

它让人想到电视里的百姓
向观众展示他们含笑的命运

2021. 4. 7

和死神的交谈

时间紧迫，我必须和他谈谈。邀请他并不难，可以说有约必应，他总是提前到达。我无法看到他，但我知道他在。出于职业习惯，他一定戴着那张显示威严的面具，他以为人们能看见，这个谎言一直没有人揭破。良好的习惯让他成了机器，他的恪尽职守使得没有谁能取代他。他端坐在对面的椅子上，我看不出他的年龄，也许他没有年龄，死神和时间无关。既然面对的是把空椅子，他没有给我更多的想象，很快我和他进入了交谈，在外人看来，我仿佛在自言自语。

我：你来了

死神：我从不远离，我一直都在

我：你在等我？

死神：我从不等待，你会不期而来

我：有和你失约的吗？

死神：我从不约定，他们遵守规则

我：你回答得很快，你不想一想再回答吗？

死神：我从不思考，一切显而易见

我：你就没有过错吗？

死神：我从不判断，一切本该如此

我：你有什么要问我的？

死神：我从不提问，得到的都是错误答案

我：你刚说过所有问题的答案都是错误的就是判断

死神：我——从不记忆，我只按照顺时针运行

  回答之前他明显停顿了一下，尴尬从他脸上稍纵即逝，暗暗庆幸，今天的面具给他解了围，化解了面对人类的第一次危机。

我：当我回忆时，你如果还按照顺时针运行的话，我们是不是不应该在同一时刻出现在这里？
死神：我——想想——
我：你在思考
死神：语言不连贯也算思考吗？
我：你在提问我
死神：我打赌——我这不是——
我：打赌？你在和我约定。
死神：等一下——我这不是——
我：我在等你，呵呵！
死神：我——走了！
我大笑着停止了呼吸。

2008

据　说

> 伟大人物命中注定只有在死后为人所知
> 　　——叔本华

> 你是莎士比亚还是卡夫卡
> 是狄金森还是佩索阿
> 感谢死亡，让你摆脱平庸的险境
> 死，不是掩埋和终极
> 是伟大者的道路与阶梯
> 死，是神明的炼金术
> 在等你金色的背影
> 　　——题记

据说我的名字几百年后还被谈起
那是因为一首诗歌的缘故
远去的思想并没有僵硬冰冷
靠近了未来几颗脆弱的心灵

一个人究竟可以穿越几个世纪
才不会在时间的土壤下腐烂衰朽
大雁行色匆匆
天空已不见踪迹
大地是否记下它的回声

谁将唤醒据说被遗忘的亡魂
我一定复活在少男少女的吟诵之中

2009

美到词穷

万里山河多俊容
极致唯美动诗情
天上自有惊人句
词到人间方觉穷

2021. 4. 20

笑玉环

玲珑细语入宫门
一袭红衣石榴裙
三寸金莲霓裳舞
敢问幽宫几重深?

2021

晚秋即景

鸟鸣悲林稀
云过天愈空
红日遮远树
不辨西与东

2012

我的桃源

隐山隐水隐林间
空楼空影空入禅
悠悠晚风殷勤送
无草无星也自然

俯身群峰拥高阁
抬手霞云当被眠
明月有情照昨夜
向来日开欲晓天

2012

五十感怀

昨日最薄情
但行杳无声
今日又多情
随夜入闲钟

前路方觉远
回头忽成空
去留两相忆
往来童子翁

2021.3.12

秦　腔

穿着游走的戏服，涂抹油彩的面孔
台上拉紧的幕布，台下痴迷的众生
听！
激昂的板胡
高亢的鼓
清越的铜锣
回荡在大秦国的故土

幕后一亮嗓
还未登台，已经开场

开嗓如雨后飞瀑
收震如封冻长河
绢袖两芬芳
声遏八百里
这祖祖辈辈不改的乡音
我欲梦回两千年前的大秦
我已满身盔甲
我自单枪匹马

这歇斯底里的呐喊
怒吼震裂出黄土三十万条沟壑

哀婉扭曲了黄河九十九道波折
一声声西北风渗入骨髓的凛冽
大笑着灵与肉的决裂
看不到希望与绝望的分别
这横冲直撞的性格
这冷如兵器的腔调
这伤痕累累的我

散场，众生依然呆坐
等着身体与灵魂的会合

2016.8 初稿
2023.2.23 定稿

香　烟

　　我不抽烟，但从抽烟者的视角体会抽烟的精神系统和生存状态，无非是忧愁和愉悦两种感受。有人会说还有麻木，我以为麻木是忧愁和愉悦的高级形式。
　　——题记

谁在我的心里埋下忧愁

我把你的身体点燃
以火去挖掘
在火中咀嚼
你忧愁着死去
化作灰，化作烟
化作你我相通的灵犀一点
我在忧愁中活着

为什么你香浓的蓝烟
总在我苦闷的时候飘飞？
为什么我难以启齿的苦闷
总是用你的毁灭殉葬？

肉体落入尘埃
灵魂渺然升华

你来回划过的唇边指间
我才得以片刻的残喘

          1995

日　历

每撕一张
我都会听见时间的断裂
一个日子的圆缺必然引起一个人的潮汐
那里面藏着看不见的自己
每撕一张，无非是撕下自己的身体
把折叠的我们一页页抽出来
展开给自己看，供人欣赏或鄙夷
而后当成丢弃的垃圾

性急的人总是急于告别
临睡时会提前撕掉
他把明天拉扯到今天，试图掩盖黑夜
像蒙上被子，以为荒废掉的自己不存在

放达的人疏懒于推算流逝
他延缓到今天才撕掉，保留一部分昨天的阴影
庇护黎明的去向
好似用帽檐遮住脸庞，以隐藏自己的空虚

每撕一张，觉察不到痛痒
日期重复着由小变大，待在原地盘桓
这是时间制造的旋涡

我们始终围着一个空洞转圈,很深的空洞
然后吃力地,在不断下沉的陷阱里打捞自己

2022. 12. 8

贪婪者

没人见过贪婪者的真面目
他是一只披着蛇皮的大象
这是变异产生的怪物
他不是野兽,眼下
他属于人类的范畴

没什么能填满他的肚腹
胃口总赶不上排泄的速度
为什么人类欲壑难填
伊甸园受诱惑的青年便是大伙的祖先

他一会要这一会要那
他要你点化成金子的石头
他还要你点石成金的指头

1996

富有乞丐

我们是一帮富有的乞丐
叩响着挨家挨户的门环
为寻找遗失在人间所爱
我们宁肯丢掉虚假的尊严

我们是一帮富有的乞丐
背负着贫瘠的思想流亡
去追随智者伟大的背影
我们期待做精神的富翁

我们是一帮富有的乞丐
手举着讨要时间的饭碗
如果逝去的可以重来
我们愿抛弃富有的头衔

1994

音　乐

一

去抚摸沉默的琴弦
音乐，便从我指端跳跃出来

预备演奏的沉睡者
我刚触及你的神经
你便战栗着苏醒
仿佛摩擦了火的精灵
又如同惊悸的鸟雀
第一声啼叫已涌入天空

一场惜别缘于脆弱的倾听

二

谁也无法摆脱动荡的命运
你也一样
漂泊，与生俱来的秉性
流浪是你感情善变的遗风

你无数次等待越出樊篱
在我吟咏的掌心
你以韵律报答，被点化的自由

自由是背叛也是取宠
你比我聪明
常常两者兼顾

三

不可隔绝的七个姐妹
谁想孤立，谁将失去意义！
孤独者尽管深刻

含蓄而隐蔽的语言高手
我庆幸你没有舌头的缺陷美
不变的面孔，多变的感情
起初，我鄙夷你的善变
如今只能慨叹
我以前不知变通的固执

对于世人
最初蒙蔽的是耳朵
眼睛，常遭误解

四

手指永远是缄默的
而音乐，是琴弦反抗的呐喊！

人，一群短缺精神的患者
琴弦恰是人缺少的几根神经

夜里，我冥坐苦思
听万籁俱静
隐隐有音乐在黑色里流淌
破解了我此刻伤感的心绪

哦，一个孤独的音符
在琴弦之外幡然醒悟
我——
竟然是你意犹未尽的颤音
对于你，我有了新的会意

五

于是手指划过你的周身
我再度聆听你来自古老的注解
我将闯入我的灵魂深处
那些纷乱的情感

都将被我一一翻阅
每一个音符催促我不断地撩拨

琴弦猛然间一一绷断
手指疲惫地从空中划落
琴弦失去了追问的手掌
暗示般留下透明的空白

一个人静想，听外界扰攘
我听到了没有手指的演奏
梦想般起伏的群山
河流宁静的两岸
情人月下的热吻
婴儿枕上的轻鼾

活生生的生活
如果你仔细聆听
每个人都在有节拍地跳动

2007

诗　集

若想丢弃自己，就以书写去凌迟
书写是一次又一次的撕裂
用一篇一篇的诗歌把自己榨干
掏空，慢慢扯成碎片
受笔磔之刑

直到死亡之际，我已所剩无几
蓦然惊慌于自己的缺席
而诗集，还原着生命的拼图
但不可能完整
像打烂的镜子，难以对接得严丝合缝
镜子外，我们毫发无损
镜子里，我们满身伤痕
正如以后，你们所读到的
我始终带着无法弥合的残缺

         2022. 11. 25

年

年只是个虚假的词语
它让我成了梦想的傀儡
光荣与平凡的时间的沉积
无数个晨曦与落日的记忆
我在阳光与星光里重叠、沐浴
也有泥泞,也有风雨

我走过如扇页般打开的日子
走过相遇与别离、失败和赞许
走过新的降生和新的死去
在合拢的一瞬
才可以看清尘世
彼此依然是孤身一人

2015

神圣的夜

黑夜是神圣的
睁开眼便成为罪恶
闪耀在头顶的星辰和白炽灯
犹如谎言
在黑夜,只有黑夜是光明的

黑夜是神圣的
赞美便成为罪恶
悄然盛开的花朵和追随的风
不懂取悦的叛逆者
乘着夜色,羞辱我的自甘堕落

黑夜是神圣的
相爱便成为罪恶
污浊了孤独的颜色
被黑夜遮蔽的部分开始闪光
试图在心里割出黎明的伤口

2014. 9. 23

逆行者

如果我的诞生纯属孽种
就把嘲弄当作生存的灵感
文字会在我的沉默里失重

如果我注定不幸
那就给我所有的不幸
看灾难拥挤践踏的繁荣

如果英雄必须牺牲
就让我成为英雄
在流着铁锈的雕塑中获得永生

我不要希望
绝望里有最丰盈的情感
也不要给我信仰
信仰会忠贞地忘记背叛

在光明被洗劫一空的夜晚
黑夜让我交出眼睛
我拒绝交出眼泪
那是带着天空一起陨落的流星

2007

封　闭

房间和世界为敌
我们被困于其中
窗户亦敌亦友
做适时的反击

一扇紧闭的门，略显多余
如果世界可以进来阳光
窗户便是倒戈的一方
在房间，一个人容易忘记谦卑
走到门外，也算不上体面地退出
如同一颗紧闭的心
傲慢且无言

习惯了窗户就很难习惯大门
像那些快速推开窗户的人
时常在门口慢慢吞吞

2022. 11. 30

悲观者的视角

她用忧郁吸引了我
突然失声一笑便失去了魅力

她从不愿读我的诗歌
我烧了它,她看着灰烬久久地发呆

2015

我见过一片叶子的两次跌落

我见过一片茶叶的两次死亡
一次是绿色的叶子被采摘进竹篮
一次是干枯的叶子在沸水中起伏
我见过一片茶叶的两次跌落
一次跌落是春天索取的部分
一次跌落是春天交还的部分

我见过一个人的两次死亡
一次是被生活掩埋
一次是被大地掩埋
我见过一个人的两次张望
一次是你未来时
一次是你离开后

2021.5.11

柿　子

只有一种焚烧不被灼伤
这是秋天最后的加冕
一万颗火红的柿子
正在驱赶晌午的太阳

此刻，阳光惨淡
如同柿子还没有熟透
被丢弃了很远

只有一种死亡叫作复活
那些累累的果实在秋风里跳跃
是的，只有这一种摘下的火焰不会熄灭
看呐，它们多像你啊！
一颗骄傲的心
被我轻易俘获

一切都将受到赞扬
这是悲凉临终的模样
不如给些冬日太阳的荒年
让胜者优先品尝苦涩
那就再降下寒霜，让它从苦涩里酿出甘甜

回到耕种者手里是一次漫长的跋涉
那一个个喜出望外的游子
在疯狂奔走的提筐里，等着
衣锦还乡

2022. 11. 10

与青岛友人小聚感怀

　　与友人网络相识十年余未谋面，2019 年暮秋初冬去岛城办事，顺路拜访，主人热情款待。距今近三年，叹人生匆匆，岁月不居，珍惜友情。

人生犹吐丝
来去如走针
本是织罗网
依此识芳邻

岛城会亲友
悦邀洗风尘
十年未谋面
敬为座上宾

海鲜堆满盘
丰馔胜八珍
虽已初冬季
顿觉返及春

谁言相见晚
何似遇知音
一场缠绵雨
幻作有情人

雨落竹子林
倏尔了无痕
随叶潜入土
悄然润竹根

未言答谢语
暮色忽已深
傍晚天转凉
杯中留余温

含笑带握手
暖意两浸心
殷殷盼重逢
寂寂自沉吟

生时再难聚
别时亦难分
昂首望秋雨
低首结愁云

身居在三秦
回望黄海滨
长风度秋水
恍惚隔古今

2022. 11. 8

飞　蛾

从阴暗的墙角
一只飞蛾神秘地蹿了出来
绕着昏暗的灯光转了一圈
径自又飞到对面的墙上

门和窗已紧闭了很多天
屋内没有任何出入的缝隙
桌上积满尘土，唯有时间落下灰烬
人生活其间也窒息难耐
这只飞蛾——神出鬼没的幽冥
无端在这里凭空诞生

它独灵迹似的来了
死寂的房间顿时洋溢着生机
这里原本空无一物
从哪里来？宇宙不能参悟的谜题

我百思不得其解
它是微分子的重新组合
还是房主人挥之不去的叹息
大概，精神的割裂将以
另一种形式填补

1996

我何曾想去天堂
——仿艾米丽·狄金森

我何曾想去天堂
如果天堂还需要太阳
倒不如去地狱
在那里
人们靠自己发光

2020. 6. 28

孤独的根源

为纯粹的美而孤独
一再被思想引入虚无
这是美的必经之路

纯粹之美
让思想成为污垢
别试图占有
无疑会思念成疾

2021.4.20

观　点

宇宙有个观点：地球是个微小的尘埃
蚂蚁也有它的判断：石头是个庞大的星球
它们两者之间，要我做个公正的评价
我说："那要看我是伟大还是渺小。"

秋天的挽歌

一

世界一再退却
逼迫一个女人从深院中走出闺阁
不再用迷人的往事取悦
人们温婉的一顾
月色沉稳,目光辽阔
即便是宿敌也无法躲避
荒芜与丰腴相互否定
形成持久和庄严的对峙
这是反省的最佳时刻

热情尽吐之后
等待长久的思考

二

河流不再是时间的指针
于疗伤中忘记去向
只有阳光缓慢
如同一棵石楠,锈迹斑斑

落叶纷纷而来,是秋风撒下的纸钱
像兵荒马乱的旧光景
一条街道的暮年,功成名就般渐渐隐退
盛开的秋菊在满目疮痍里打探身世

和季节为敌毫不明智
丰收之后的庄稼
无遮拦地裸露
大地因你而备受羞辱

秋天,死亡的前奏
在弥留之际吐露真相

三

因为失宠
你才如此地不顾传统

成熟最终变得世俗
谄媚的果实蜂拥而至
想赢得青春渐失的补偿
这是祭奠的宏大仪式
不能容忍盛况,就该避其锋芒
我学不会用繁荣了却残生

却留下一种象征:

秋天是迟来的爱情
冬天暗中追逐的新娘
竟然为你痴迷到惨遭遗忘

离别，是对忠贞的弹劾
或是故作深沉的引诱
在你逝去的那一夜
大地须发皆白

2022.10.18

谎　言

起伏是山的谎言
漂泊是云的谎言
旋涡是水的谎言
花朵是风的谎言
阴影是光芒的谎言
记忆是时间的谎言
文字是存在的谎言
诞生是今生的谎言

历史不该被演讲或书写
沉默的眼睛是攻陷黑夜的弹孔

2013

伤　疤

　　　　伤疤，就像灵魂的路标！
　　　　——摘自美国电影《我们呼吸的空气》

没有伤疤的人没有灵魂
没有伤疤的人太过完美
灵魂无法进入肉身

满身伤疤的人只有灵魂
遍布孤独反咬的齿痕
每一道伤口都在丢弃自己
丢弃那个晚熟的躯体

灵魂与肉体存在时差的人
看起来都很虚假
留下相互鄙夷的嫌隙
肉体过快时，我们吞噬灵魂
肉体过慢时，我们吐出灵魂
每一次出入的伤疤
都是我们归去来兮的标记

2021. 10. 4

行　走

这是多么昂贵的举动
艰难的步履验证怎样的开始与结束
这是多么昂贵的希望
甚至我把死亡看作风景
这是多么昂贵的黑夜
需要我不停息地走进梦境，以躲避阴影
这是多么昂贵的相逢
彼此含笑点头，却从未开言
这是多么昂贵的沉默
最后的火焰一再折磨我灰烬似的性格

我行走着，走向这个孤独的宇宙
我只带着一个词语的亮度
闪耀在每一条穿越的道路
我将是我前行的灯盏

那些昂贵的降生，昂贵的爱情
昂贵的衰老，昂贵的不幸
将在称颂的尘土中引以为荣
行人、亲朋，注视过我的眼神
灯火、星辰，温暖过我的光芒
遥远而亲近

我行走着，无论多么缓慢
都将抚平时间上的缺陷

行走让我们如此完美
以致无视昂贵的艰险
秒针的一次战栗
拥抱的别离和未知的偶遇
我们惊恐地行走在生命的边缘
在没有尽头的漂泊里
行走的我们才接近自由
而摆脱成为死囚

2017. 7. 1

掘墓人

记忆像一座墓冢
我像一个掘墓人
翻阅历经的所有年代

我看到了
雪一样的孩子
风一样的少年
火一样的青春
水一样的中年

只等着一位
土一样的白发老人
掘完了墓以后
将自己掩埋

1995

树与叶

我把心描绘成一片叶子
你将心事栽成一棵树
叶子跃上你的枝头
是否，唯有我不会凋零

绿了绿了还要攀登
是你举我到欲望的高度
赢得生长还要赢得天空
我原本只是来自大地的泥土

爱表示重叠的两片叶子
是你把手伸向了我的肺腑
一开始便是受伤的一对
既然选择幸福也得承担痛苦

为何我要把心描绘成一片叶子
摆脱不了微尘的浮命
为何你把心事栽成一棵树
我的降落也要在你的脚下匍匐

1995

花的记忆

在你每次经过的花园
素馨花开得格外妖艳
见你伸手采摘的一刻
我藏进了花朵的芬芳

你吻了它
我便从花朵里走了出来
你把我留在了你的唇边
任芬芳在你的香闺里弥漫

那一夜,我彻夜未眠
随着你的呼吸安然起伏
幸福占据了每一个钟点
在欲望的秒针里来回打转

月光映在你迷人的脸上
梦里包含昨夜的记忆
我忐忑不安,梦醒后是否还这样贪恋
像蜜蜂采完蜜就会厌倦
黎明时,你循着芬芳找寻花的香迹
一路上捡拾着已经凋谢的花瓣

2014

滚铁环

隔窗外
一个孩子在玩着铁环

铁钩贴着环面
道路蜿蜒，有些凹凸崎岖
铁环蹦蹦跳跳，碰撞出和谐的韵律
平坦只能磕出一种声调
近似平庸，玩一会就会厌倦

孩子的手里掌握着它的轨迹
尽管摇摇晃晃，有惊无险
孩子任性地一直往前滚
笑声也夹杂其中
追随着铁环渐渐隐遁

或许到了尽头，开始往回折返
熟悉的声音又隐隐浮现
他们乐此不疲，玩得任性
生活里总有些颠簸让人陶醉
道路上才有音乐相伴

一趟又一趟，铁环声里

来回滚着一个孩子的童年

2006

问佛（三）

我是菩提树前飘飞的一片雪花
你是菩提树下闭目打坐的出家人
无意间我落入你双手的掌心
惊起了你低下头时的凝神一顾

你注视着我，眼睛里三百年的慈悲
融化了我远道而来的冰冷寂寞
你抬头追问着天空还是菩提树
是该将我握紧成泪还是放手为水？

2015.12

挽　留

我在等一片比落日更美的落叶
它比落日金黄
还存有落日的余温
看着它在空中盘旋飘浮
茫然地被空气围困
多像我，在回忆里打转的命运

高楼上闪耀的玻璃窗
反射来的阳光比阳光更热烈
虚假得不知所措
要么逃离，要么陶醉

我在一扇虚掩的门里看见了时间
它比来时缓慢
虚掩是时间的破绽：
一次没有完成的告别
依然忍着疼痛的呐喊
像是可以窥视的挽留
一道寓意缝合的伤口

2021. 4. 24

葬　礼

告别这最后的声响
一路最前排的唢呐
引领我们走进囚禁死亡的封地
是恩宠的皈依
还是残忍的遗弃？
死亡并未得到宽容
我们寄寓在逼仄狭小的一隅
用一生的时间换取
没有时间的空间

烛火被死亡拯救，点燃
在这危险而又可靠的夜晚
那些点点光芒成了生死的界限
灵堂空无一人，这巨大的宁静
让秒针骄横如暴君
烛火里摇摇晃晃的时间
胆怯如父母，忠实如子女
青烟是时间的灰烬
在火焰之上倏然即逝
烛火逃不脱灯捻
我不由得慨叹：火不如烟

多么贫瘠的一刻!
该拿什么遥送穷途?
我只能给你思索者的灯盏
漂泊者的荒原
守灵人的背影
灵前烛火的残年!

我们却又如此富有
火焰里扭曲的宅邸
灰烬里肆意挥霍的钱币
大理石上不朽的印痕
镌刻毫无瑕疵的颂词
那些高过土地的荣誉
赞美,加速了我们死去

谦逊的土地,死亡的耕种者
人是生活催熟摘下的果实
被死亡轻易俘获
这往后层层叠叠的黑夜
这恐惧最后的堡垒
生染一身尘,何惧土做坟
太多太多的苦难!
死——给了一种新生的理由
在深处确认,靠生长否定
葬礼不是我们最后的相遇

掩埋是生存架设的一面镜子
一面单向玻璃隔绝的墙
地上的人只顾在镜子里自赏
始终没有人将其打碎
窥探脚下近在咫尺的真相

2021.1.19

日　子

冬阳枕着西山打盹
月儿催着漫步的黄昏
被西风惹恼的往事的烟
在那座熟悉的小院里弥漫

瞎眼的蝙蝠迷上了雾霭的乡村
坐窝的黑狗刨着年老的墙根
吵了一辈子的男人女人
情愿安稳地在荒野里做沉默的坟

蜘蛛织起了挽留的丝网
结在流蝇疏神的道旁
无奈让蚊蝇咬破捣毁
蹉跎掉后半生的残废

萤火虫挑着灯笼看到来生只有方寸
星星眨眼回答世人的质问
日子唱着老掉牙的歌曲
在回忆里只短短的一瞬

啊！孤独的旅人
还披戴风月星辰　往何处寻呢？

抛了来年，丢了青春
老去的日子勾去了魂

1994.11.21

孤寂的雨

>　　所有的孤寂都源于我的孤寂
>　　　　——题记

我无法阻止一场雨的孤寂
如果在秋天,它的到来和离开
你会恍如隔世
要是暖冬,你却心怀寄托
春天的伤害趋于低龄化

没有一种眼神能让它停止坠落
温柔或是轻蔑
坠落是我们返回云朵的途径
我常常误解大地与天空
以为走得足够远,它们便会彼此相连
也常常误解一场雨
以为下个不停,我们就到不了暮年

我怀疑我制造了一场孤寂
此刻无风吹过
我却感到阵阵凉薄
如果世界真是假象
雨无非是让假象更为光亮

在雨里，所有的事物看似毫不相干
其实它们相濡以沫
因为我的注视而略显孤立

2017.9 初稿

2023.2.24 定稿

彭勃的乐队

"怎么全演奏的是欢乐的曲子"
听众毫无敬意地全体起立
"我们要听悲观者的老调"
这群旁观者总爱发点牢骚

权威者认为我可以当个诗人
于是乐队里有了我的一个席位
诗人当然吹的是激昂的冲锋号
于是除了动手还得练练嘴

乐队里也要论资排辈
文人自然超出其他人半个身位
技法显然没有辈分重要
滥竽充数的我接受着栽培

我的技巧实在不敢恭维
常常把高音吹得走调
连音乐家也找不着北
民众哪个不得屈服陶醉

醉意在全场肆意蔓延
先睡个懒觉解解馋

曲子像被下了蒙汗药
这乐队果然奏效

你们尽可以仰面打盹
装模作样地和高雅鬼混
这群愚昧的懒虫
催眠可是本乐队的一大特征

全场突然被一个尖锐的音符叫醒
又是我误将标准的高音升了八度
"刺耳难道也是你们的艺术
那咱们倒不如找几个泼妇"

大众是群自以为是的生物
宁可受愚弄也不受欺负
终于有几个人有所觉悟
真理往往被少数人征服

"乐队险些让我们成了傀儡"
民众开始在声讨中忏悔
"谁要让我们当艺术的替死鬼？"
"我只是乐手，不是指挥"

2004.3

你的每一秒都应该是快乐的

每一秒都应该快乐
这是上天给予的时刻
这一秒没有善恶，不分性别
这一秒没有歧视，不分肤色
伦敦的一秒，巴黎的一秒
北京的一秒，悉尼的一秒
不因贫穷而缺席
不因卑微而迟到

富贵无法收买的一秒
作为信使的一秒
生命基座的一秒
每个人都有的一秒
每个人相同的一秒
属于你的每一秒
不快不慢，不多不少

每一秒你都应该快乐
左边的一秒和右边的一秒
都是真实的一秒
独一无二　只此一遭
单向递减　昂贵如金

来路延伸的一秒
余生减少的一秒
它们同时抵达，彼长此消

被泪水淋湿的一秒
随雪片消融的一秒
被光明抛弃的一秒
和星辰浮沉的一秒
这微小不起眼的一秒
别让它空洞地虚度掉

每一秒都有许多的情感抉择
自己做主，不等不靠
让你我微笑得像个胜利者
让每一秒不辜负那指针鼓舞的一跳

2021. 2. 4

灰 烬

一

暴戾的狂袭之后,火焰渐渐消失
火的余孽,在粗重地喘息
黑色的躯体,缺少了鼓动的舌头
还睁着难以瞑目的眼睛
但我依然不敢触摸,火的伤害过于深刻
只有站在边缘,最初你并没有死

那些被风蚕食飘散的蓝色烟缕
等着你终结最后一口呼吸
忽然联想到伟人死前的呻吟
或是某位大师的遗作
丢失了火,灰烬的欢呼不再热烈
死,瞬间悲壮,成了一种傲慢
残留的余温拯救着还慕名而来的青烟

在你克制的沉默掩盖之下
潜伏的热量,随时借空气复活
即使还有火焰,只能加速熄灭
生的诱惑不愿就此痛快地消亡

挣扎的死却只会更加狼狈

我隔岸观火。灰,渐渐冷却
偶尔蹿出一星半点的余焰
虚弱得让人同情
如同弥留之际老人的目光
语言里积攒了一生的善良
徒劳的慰藉,没有情感的施舍

灰烬,本应是死亡
大凡物质都可以被点燃
终究是一堆期待的灰烬
谁也无法逃避法则
除了时间和想象,它们的燃烧没有灰烬
但没有光的闪现与照耀
只会在时间和想象里衰老

黑色幽灵,败落地匍匐着
夹杂轻微的呐喊与撕咬
何必如此深度地伪装?
深沉的最容易背叛
如同伟人与大师

我曾探险般拨开灰烬的肌肤
还有红色的心脏、红色的血液
无力的脉搏、疲惫的骚动

红色暴露后迅速萎靡,变冷,变黑
火的生命无可挽回地枯竭
于荣誉的光芒中老去,物质是不灭的
相互在不易察觉地交替

火焰完全死去的一刻,灰烬忽略地诞生
因熟视而忽视,颂词永远在灰烬之上
被火窃取,还有光芒
留下破绽的黑色后逃亡
一样的背信弃义
于遗弃中黯淡,是道德被玷污的颜色

一种死隐喻了一种生
蒙蔽着我们肤浅的感情

二

一粒尘土落在肩上,无关痛痒的肮脏
一粒沙打在脸上,亦是没有压力的痛楚
鄙夷与轻蔑,似乎
被微小的物质放大,变得神圣
灰烬,孤立的垃圾!
世俗的判断!如此轻易的认定

火与灰烬,矛盾的对立,又怎样融合
只有燃烧才能隔离彼此的默契

失去了火的繁荣，灰烬
仿佛被剥夺了信仰的思想
盲目地躺着，也显得有些忧伤
精神灼烫后病态地一蹶不振
结束和新的开始，火取舍其间
火，在净化什么？

水将物质塑造得千姿百态
于是产生情绪，还有宣泄的工具
被水鼓吹，在火里释放
物质蕴藏的水却无法将火熄灭
只能被火蒸发，水的失败

脱掉水与火的虚假美德
灰烬变得纯粹，或许
火只是形式，水才是灰烬的唯一杂质
除却水的污垢，我们不过是一堆白色的骨灰

没有喧嚣的声响，失去折磨的温度
恐惧感荡然无存，这堆可以随意践踏的灰
孤独在谨慎地探询，寻找归宿
面对灰烬，我无法猜度你最后的模样

卸掉了负载，近乎赤裸的坦露
灰烬，唯一没有被摧毁的残留物
是探询了终生的黑色答案

焚烧，将灵魂与肉体决裂
这是对孤独的误解
火不是灵魂，水也不是
灵魂还在灰烬的体内漂泊
尽管你更加深度地伪装为绝望
既然灵魂依然不死
是谁背负着我们寄托重生的思想？
火，又在还原什么？

庞大的物体在火的诅咒里渺小
甚至于畏缩的卑微
既然很难联想到灰烬
又是谁让我们不朽？
在死去亡灵的墓碑前
我们挽救着对灰烬的敬意

三

在阴暗潮湿的地底
活跃着化学冰冷的元素
风无法亲近，光也难以透视
看不到分崩瓦解的惨烈
只有依靠文学上的感知

解体，驱散，游离，变异
灰烬期待蓄谋已久的结合

渗透，膨胀，凝聚，攀缘
预备生长的思想
结成的果实或开出的花朵
被我们咀嚼或欣赏，丰硕与艳丽
没有留下灰烬暗示般的觉醒
也没有人挖掘背后深刻的哲理
于是生命无休止地演绎同样的过程
繁衍，灰烬诞生灰烬
焚烧，灰烬毁灭灰烬
那么，我是多少个生物的累积？

我也在期待燃烧，注定成为灰烬
我一定是百年后许许多多个你
一株树、一棵草、一颗清澈的水滴
一缕烟、一束光、一堆污浊的淤泥
或成为遥远星球上的石头
或是一个人——继承了我遗愿的子孙
我将散落在你们中间
在你的叶子里，在你的根须里
在你目光所及处，在你想象的盲点
我以漂泊为家
我要继续漂泊无数年
而后来的你们却全然不知
死，如此伟大！

2006

跋：我为什么写诗？

为什么写诗？老生常谈的问题，不同的回答者依然新鲜，充满期待。似乎在说：有谁看见了灵魂？或是：上帝居身何处？自人类诞生以来，我们一直向往自由并试图冲击各类边界。诗是语言的极致，是冲破思想边界的羽翼，走向无垠，自由地呼吸。它揭开了真理的面纱，或给爱戴上面纱，只此一条：为了美。美是终极的探寻，不受时间的磨砺和折损，美是对我们外在世界的奴役，也是对我们内在世界的解救。诗是钥匙，为我们开启了一扇平行宇宙的大门，给人由美向善、由善而为真的生命美学。

诗以言志，歌以咏言。但我认为诗歌不仅仅表达志向和理想。埃利蒂斯说诗歌表现美和光明。我以为，美就是光明，即使是悲剧美，依然唤醒了人们道德的良心与先天的良知。即使是苦难，也在造就美。真、善、美应该是艺术的表现次序，美、善、真就是道德的表现次序。对于写作，最初的想法是身已灭，名不废。如今的想法是即便身名俱灭，诗歌永存，毕竟我仅仅是宇宙里的漂泊者而已。年轻时以为诗歌为自己而书写，可以受到赞誉，获取盛名，所以我认真地写。而近来我曾不止一次地和朋友谈起如今的心境，我的写作是为人类，为汉语的美学而书写，所以依然认真地写。尽管态度没有改变，但目的已大相径庭，写作的眼光以前只向内看到自己，如今朝外望向未来。诗人不是美的创造者，而是美的捕捉者，宇宙是原始的美的化身，我只是有幸作为诗人。

在类似钟摆的迷惘人生里，诗人要从迷离的微光中发现世间闪耀的恒星，让诗歌成为指引的灯塔，迷失的灵魂在诺亚末日的方舟中得以返航。请记住：一个抛弃了诗人的时代，一定是个贫瘠的时代。扪心自问，我们的时代是否也经得起荷尔德林的质问？

从我1993年开始写下第一首诗歌，到如今整整三十年，漂泊是生命主题，当然顺理成章成了我全部诗歌的主题。从一个青葱甚至清狂的青年修炼到了沉寂乃至侘寂的暮年，在这期间零星断续写了各种风格的诗歌，嬉笑怒骂皆成文章。但我始终奉行闻一多先生所倡导的"音乐美，绘画美，建筑美"诗歌三美的旨归，不可否认，我把美作为诗歌的最高境界。

几首讽刺诗最初是不打算选入诗集的，年轻时看不惯的人和事，现在都放得下了。但诗也是一类史，后来编入进来留作了创作史实的记录。当大家都流行含蓄而柔软地抒情时，我尝试带着尖锐、格格不入的腔调，以带刺的吟啸来丰富抒情的结构和情感的出路，并呈现语言的趣味与温和的批判艺术，同时折射出诗歌多面体的熠熠生辉的光芒。

还有两首很幼稚的写孩子时代的诗歌，简单到纯净清澈，当诗歌的美清澈到无法揣度其深度时，思想混入其中也是污浊的。

旧体诗词占了不算少的篇幅，是我向古典美和诗歌渊源的致敬，传承传统美学的烁烁芳华。如果压缩诗歌历史，压缩时间，发现得以传世并表现出不朽生命力的往往是这些朗朗上口、幽幽其香、大美至简的短歌。这些诗也是对美的流连回眸，或是流风回雪，回到我最初的怀念。

这些年写了很多爱情诗，我自然有深刻的体验。诗歌让爱情永恒，也令我们得以返老还童。聚散与悲欢，折磨与喜悦，常孪生相伴。我常常为爱情发愣，有人面对时，相互凝视；无人面对时，就凝视远方。波涛汹涌，月光宁静，这大概就是我的爱。

"道路与思量，阶梯与言说，陪伴吾之独行。"诗人在踽踽独行中思索，该如何把人类的精神引领到高处，以接近星辰，给后来者照亮来路。而诗人们，正跪倒在苦难的荆棘之地，累身托举灯盏。但如果有人劝返你：别再读诗，别再写诗，那是一条迷途。那我一定会如海德格尔反击说：是，那是迷途，可那是条伟大的迷途。朋友们，让我们一起在执迷于诗歌中走近神秘且神圣的灵魂，也就是那个无边无际的宇宙。

2023.2.18

图书在版编目（CIP）数据

宇宙的漂泊者 / 彭勃著. -- 武汉：长江文艺出版社，2024.1
ISBN 978-7-5702-3225-3

Ⅰ.①宇… Ⅱ.①彭… Ⅲ.①诗集－中国－当代 Ⅳ.①I227

中国国家版本馆CIP数据核字(2023)第115182号

宇宙的漂泊者
YUZHOU DE PIAOBOZHE

责任编辑：王成晨	责任校对：毛季慧
封面设计：李 鑫	责任印制：邱 莉　王光兴

出版：长江出版传媒　长江文艺出版社
地址：武汉市雄楚大街268号　　邮编：430070
发行：长江文艺出版社
http://www.cjlap.com
印刷：湖北恒泰印务有限公司

开本：880毫米×1230毫米	1/32	印张：9.25
版次：2024年1月第1版		2024年1月第1次印刷
行数：5692行		

定价：48.00元

版权所有，盗版必究（举报电话：027—87679308　87679310）
（图书出现印装问题，本社负责调换）